Te $^{163}_{24}$

Monsieur le Baron de
Chapelough Rue Caumartin n°. 15
à paris —

ou à Jssy, près paris, chez m.˙ le
4.˙ᵗᵉ de tibenil —

MANUEL

DE L'ÉTRANGER,

VUE GÉNÉRALE DU BASSIN D'AIX.

MANUEL

DE L'ÉTRANGER

AUX EAUX

D'AIX-EN-SAVOIE,

PAR

Constant Despine,

DOCTEUR MÉDECIN.

> The history of any celebrated spring, the first
> discovery of its remarkable powers, the gradual
> steps by which it has acquired a high degree
> of fame, and the elegant baths or other buil-
> dings which have contributed to its conve-
> nience and embellishment, are particulars
> which are entertaining and often instructive.
>
> WILLIAM SAUNDERS, *Treatise on mineral*
> *waters*, p. 92.

ANNECI,

A. BURDET, IMPRIMEUR ET LIBRAIRE.

1834.

A SIR

Astley Cooper,

BARONET,

PREMIER CHIRURGIEN DU ROI D'ANGLETERRE ET DE L'HOPITAL DE GUY, MEMBRE DU COLLÉGE DES CHIRURGIENS DE LONDRES ET DE PLUSIEURS AUTRES SOCIÉTÉS SAVANTES, ETC. ETC. ETC.

La bienveillance avec laquelle vous avez accueilli un étranger qu'amenait dans la Grande-Bretagne le désir de s'instruire à votre savante Ecole, lui fait un devoir de vous consacrer les prémices de ses travaux.

Appelé à mettre en pratique aux Bains d'Aix, les connaissances qu'il a acquises en fréquentant les Hôpitaux et les Cabinets anatomiques, dont votre nom lui a facilité l'entrée, il s'est proposé de faire apprécier de plus en plus aux étrangers, et surtout aux habitans de vos contrées qui l'ont accueilli si cordialement, un établissement thermal qui offre de si puissans moyens de guérison.

Il ose espérer que vous daignerez agréer l'hommage de cet opuscule; trop heureux si ce premier essai peut fixer un instant l'attention de celui qui consacra sa vie aux progrès de la science et au soulagement des infirmités humaines.

C. DESPINE.

AVANT-PROPOS.

Les eaux d'Aix, déjà connues dans les temps les plus reculés, ont acquis, depuis quelques années surtout, une célébrité européenne.

Des constructions importantes, de nombreux changemens dans les appareils, enfin, l'introduction de nouveaux moyens thérapeutiques, ont porté cet Etablissement thermal à un tel point de perfection, qu'il est, avec raison, cité comme un Etablissement modèle.

L'Angleterre, la France, la Prusse Rhénane présentent des Bains, où l'on a réuni, à grands frais, le luxe des capitales les plus opulentes. Mais Aix possède des avantages d'autant plus précieux qu'il les doit presque entièrement à la nature.

A Louëch, Carlsbad, Olette, Acqui, etc., les eaux trop brûlantes pour pouvoir être immédiatement employées, sont refroidies au contact de l'air; à Enghien, Harrogate, Bristol, etc., leur température se trouvant inférieure à celle qui convient au bain, il faut les chauffer artificiellement; dans l'un et l'autre cas, elles sont exposées à perdre une partie de leurs principes actifs et surtout les gaz qu'elles contiennent. Enfin, presque partout, on est obligé d'élever l'eau, à l'aide de machines, dont le plus léger dérangement peut arrêter tout-à-coup sa distribution.

Les eaux d'Aix, au contraire, jaillissent à mi-côte; et, sans nécessiter des moyens mécaniques, elles peuvent être administrées à tous les degrés de pression, depuis un pied jusqu'à trente. Leur chaleur, moyennement de 45 degrés centigrades (35° Réaumur, 110° Fahrenheit), présente la température la plus convenable à l'économie animale. Leur abondance est telle qu'elles alimentent une centaine de robinets, et que la seule eau dite de *Soufre* fournit, d'après le calcul de Francœur, soixante et douze mille litres par heure. Il faut encore ajouter à ces propriétés la douceur du climat qui contraste, d'une manière frappante, avec la température froide et l'élévation de la plupart des lieux où jaillissent les autres sources minérales.

Ces avantages qui ne se trouvent dans aucun autre établissement de bains, la modicité des prix, les ressources et les agrémens qu'offre le séjour d'Aix.... telles sont sans doute les causes de l'affluence des étrangers. Leur concours annuel dans cette ville s'élève, terme moyen, à deux mille cinq-cents; il a été de trois mille en 1830, a dépassé ce nombre en 1833, et tend continuellement à s'augmenter.

Un grand nombre d'ouvrages intéressans ont été publiés sur Aix : mais la plupart ne traitent que d'objets spéciaux, ou sont trop étendus pour former un manuel portatif et commode. Plusieurs malades m'ont témoigné le desir de voir remplir cette lacune, et j'ai tâché de répondre à leurs vues par la publication du présent essai, dans lequel j'ai mis à profit les travaux de mes devanciers et les traditions médicales de ma famille. Puisse-t-il devenir utile à mon pays et satisfaire l'étranger; ce sera la plus douce récompense de mes efforts.

TABLE DES MATIÈRES.

CHAPITRE TROISIÈME.

DE L'ETABLISSEMENT THERMAL.

CHAPITRE QUATRIÈME.

DE L'USAGE DES EAUX THERMALES.

MANUEL
DE L'ETRANGER
AUX EAUX
D'AIX-EN-SAVOIE.

CHAPITRE PREMIER.

APERÇU GÉNÉRAL
SUR AIX ET SES ENVIRONS.

§ 1er

TOPOGRAPHIE ET STATISTIQUE.

La ville d'Aix, située au cinquantième degré de latitude, et au quatrième, trente-neuf minutes de longitude du méridien de Paris, est placée dans une vallée charmante *, bordée du Nord au Sud par deux chaînes de montagnes. L'aspect sévère de leurs crètes dentelées contraste, d'une

Situation Topographique.

---

* Cette vallée, l'une des plus basses de la Savoie, n'est élevée au-dessus de la mer que de 792 pieds.

A

manière piquante, avec les contours gracieux de la colline, sur le penchant de laquelle elle est bâtie.

Sa position géographique entre la Suisse, la France et l'Italie, à 12 lieues de Genève, 20 de Lyon, 14 de Grenoble, 40 de Turin, sur une grande route de poste, en fait un rendez-vous commode pour les étrangers de tous les pays.

Les montagnes qui l'entourent prennent différens noms, suivant les localités auxquelles elles correspondent. Les plus remarquables sont : au Nord, celles de St.-Innocent, Touvière et Beauregard ; au midi, celles de la Chartreuse et de St.-Thibaud-de-Couz ; à l'Est, celles de Trévignin et de Nivolet (4314)*; à l'Ouest, celles d'Aigue-Belette, de l'Epine et du Mont-du-Chat (4980).

Nature du sol.

La plaine présente une étendue de deux lieues de longueur sur une demi-lieue de largeur. Son sol varie ; mais en général, il est noir, pesant, assez compacte, et doit sa fertilité, autant à son arrosement par les eaux thermales, qu'aux justes proportions de silice, de chaux, d'alumine et d'*humus* qui le composent.

La végétation offre une richesse et une vi-

_____

* Les chiffres placés entre parenthèses indiquent, en pieds de Roi, la hauteur des montagnes au-dessus du niveau de la mer.

gueur remarquables. Outre un grand nombre d'arbres, tels que tilleuls, peupliers, châtaigniers et noyers, qui acquièrent souvent un volume extraordinaire, le mûrier, le figuier, l'amandier y croissent à plein vent et produisent des fruits délicieux.

Plusieurs collines sont couvertes de vignobles et de guirlandes de hutins. Les vins les plus estimés sont fournis par les coteaux de Brison, de Touvière, de Couta-Fort et de St.-Innocent.

Le ciel est beau, le climat très-doux et peu sujet aux grandes variations atmosphériques. Si, parfois, l'été élève la chaleur jusqu'au vingtième, vingt-cinquième et même trentième degré de Réaumur, le soleil couchant ramène, tous les soirs, dans la vallée, une brise légère qui tempère les ardeurs du jour. *Météorologie.*

Le vent du Nord-est, *la bise*, y règne le plus constamment : il rend l'atmosphère pure, d'une température agréable, ni trop sèche, ni trop humide. Le vent du Midi, appelé simplement *le vent*, amène la pluie ; celui du Sud-ouest ou *la traverse*, la tempête et l'orage.

L'élévation moyenne du baromètre est de vingt-sept pouces, deux lignes. Dans les temps où se manifestent des changemens subits dans la densité de l'air, la colonne barométrique s'abaisse rarement plus de trois à quatre lignes dans les vingt-quatre heures.

Salubrité. Une preuve de la salubrité du climat est la longévité dont jouissent les habitans d'Aix. On rencontre parmi eux beaucoup d'octogénaires. L'eau destinée à la boisson ne contribue pas moins à la santé que l'air ; elle est légère, limpide et agréable.

Il ne règne à Aix aucune maladie endémique. On n'y voit ni goître, ni crétinisme, ni scrofules. Les épizooties y sont fort rares. On ne se souvient pas d'y avoir vu d'épidémies pestilentielles, et le Dr Cabias assure qu'en 1564, lorsque la peste étendait ses ravages sur les vallées environnantes, la ville fut préservée de ce fléau. Les gens du peuple, qui sont employés à administrer les douches, sont doués d'une constitution si robuste, qu'ils ne souffrent presque jamais des transitions brusques de température inséparables de leur état. Plusieurs exercent cette profession depuis trente ans, et tous parviennent, en général, à un âge fort avancé.

Population. La population de la ville qui ne comptait pas, au commencement du siècle, douze à quinze cents ames, s'élève aujourd'hui à près de quatre mille.

« *L'étranger*, dit Francœur, dans sa Notice

sur les bains d'Aix, *trouve auprès des habitans une grande bienveillance. Le Savoyard est bon et honnéte, cordial et hospitalier.* » Tel est, en effet, le caractère général de la nation ; et si, comme le pensait Buffon, il existe une heureuse harmonie entre les mœurs et les climats, si l'influence d'un ciel pur et riant adoucit le naturel de l'homme, ne soyons pas étonnés qu'à Aix les mœurs soient douces et qu'on y respire le bonheur.

Les ressources de l'industrie locale sont toutes relatives aux bains et à la culture des terres. Désireux de satisfaire l'étranger qu'attire la réputation de ses Eaux, l'habitant d'Aix s'efforce de lui procurer tout ce qui contribue à son bien-être et à son agrément. Plus de cinquante hôtels et maisons garnies, des tables d'hôte à toute heure du jour, des pensions à tout prix, fournissent à la classe aisée les moyens de régler sa dépense, suivant ses désirs ; tandis que le pauvre trouve des logemens à prix fixe, à la fois commodes et peu chers. En outre, de nombreux moyens de distraction sont prodigués aux malades ; ainsi, l'on peut se procurer, à des prix modérés, des calèches et des chars pour la promenade ; des guides, des montures à âne et à cheval, pour les courses de montagne ; des bateaux pour les parties sur le lac, etc. On

Industrie locale

trouve également en ville des magasins d'éto
et de modes très-bien assortis, soit en arti
indigènes, soit en articles Anglais et França
des abonnemens de lecture, des collecti
d'histoire naturelle, etc.

Cercle des étran-gers. Un cercle ou *casino* a été établi, depuis p
d'années, dans l'ancien château d'Aix, et l'
tranger y est admis, moyennant un abonn
ment modique. * Plusieurs salons richeme
décorés, un café, des jardins, des bosquets
réunissent chaque jour la société la plus bri
lante. On y trouve une bibliothèque, 1
journaux du pays, ceux de France et d'A
gleterre ; des jeux de billard, de cartes, d'échec
des instrumens de musique, tels que piano
guitare, etc., et une petite salle de spectacl
On y trouve aussi un Bureau de renseignemen

* Prix de l'abonnement au cercle d'Aix.

Un homme.	20
Une dame.	10
Une mère et sa fille non mariée.	15
Une 2.me demoiselle, et un plus grand nombre, pour chacune.	4
Un père et son fils.	30
Un 2.me fils, et un plus grand nombre, pour chacun.	5
Les enfans au-dessous de 10 ans, présentés par leurs parens abonnés, ne paient point.	

où les étrangers peuvent prendre toutes les informations qu'ils désirent , tant sur la ville , que sur ses environs.

Une compagnie d'artistes parisiens, engagée pour la saison des Eaux , donne journellement des concerts et fournit l'occasion de danser presque tous les soirs. Enfin , chaque dimanche, ont lieu des bals d'invitation , où les habitans de Chambéri et autres villes voisines , viennent se mêler aux étrangers et prendre part à leurs plaisirs.

§ 2me

ENVIRONS D'AIX.

Si la ville offre à l'étranger des moyens de se distraire , les environs lui présentent aussi de tous côtés des ressources fécondes pour occuper ses loisirs.

La chasse et la pêche promettent beaucoup d'agrément à ceux qui aiment ce genre d'exercice. D'une part, la montagne nourrit des *bécasses* , des *perdrix rouges* , des *faisans ;* les collines, des *lièvres* , des *cailles* , *rois de cailles ;* le bord du lac du Bourget, des *canards sauvages* , des *poules-d'eau* , des *grèbes* , des *rales* , des *loutres* , etc. ; D'autre part, le lac, les eaux et les rivières adjacentes fournissent une assez grande variété de poissons , dont voici le tableau.

Chasse et pêche.

De tous ces poissons, le lavaret est le plus re-
cherché ; il est particulier au lac du Bourget, et
on a vainement essayé de l'introduire ailleurs.
Après ce poisson , dans l'ordre de leur qualité ,
viennent l'Umble-chevalier, la Truite et le Brochet. On a vu dans le lac quelques raies et même des esturgeons ; mais ils sont devenus très-
rares depuis que les sels , qui se consomment
dans le pays, n'arrivent plus par le Rhône.

Le naturaliste, qui s'occupe de Zoologie et de Histoire naturelle.
Botanique , trouve, aux environs d'Aix, les
richesses les plus propres à captiver son attention (*Voyez le catalogue d'insectes, de mol-
lusques et de plantes rares, placé à la fin de
cet ouvrage*), tandis que les montagnes et
les vallées voisines offrent le champ le plus vaste aux recherches et aux méditations du Géologue.

Toutes les montagnes environnantes sont de
calcaire compacte. D'après les Géologues modernes, ce calcaire appartient à la grande formation des terrains crétacés , laquelle constitue
la majeure partie des chaînes des contre-forts
des Alpes, sur la rive gauche du Rhône, et recouvre les couches les plus récentes du système
urassique. Elles ont leurs couches de stratifi-
ation inclinées généralement vers l'Est, sous
un angle qui varie de deux à quarante-cinq

degrés ; leur direction paraît se rapporter (
N.-N.-Est au S.-S.-Ouest.

Les coquilles qu'on y rencontre le plus co
munément sont : des *Ammonites* , des *Belem
nites* , des *Echinites* , des *Térébratules* , des *B
culites* , des *Griphites* , etc. ; sur la montagı
de Beauregard , ces débris fossiles sont sili
ceux , à cassure conchoïde, et se trouvent en
veloppés d'une gangue-calcaire. Ils m'ont offer
beaucoup d'analogie avec ceux que j'ai rencon
trés dans les plaines de Salisbury , près du mo
nument druidique appelé *Ston–Henge.*

Le coteau de Tresserve , qui s'élève au cen
tre de la vallée , appartient aux étages supé-
rieurs de la formation tertiaire ; il se compose
de grès tendre ou *mollasse* , qu'on utilise pour
des âtres de cheminées : ses grains, examinés
à la loupe , semblent être de quartz hyalin ,
de granit , de mica , de diabase et d'amphibole.

La plupart des cailloux qu'on rencontre dans
la plaine , sont granitiques ; les autres sont
formés de quartz , gneiss , siénite , diabase,
amphibole , feld-spath , alumine et mica. Ils
sont tous arrondis , et leur grosseur variable
dépasse rarement deux décimètres cubes. C'est
dans ces cailloux , entassés sur une épaisseur
considérable , à l'extrémité méridionale du bassin d'Aix , territoire de Sonnaz , que se trouve
un banc de lignite, de deux mètres d'épaisseur,

u

–

–

–

e

t

formé de deux couches separées par une assise
argileuse , reposant sur une marne coquil-
lère et présentant lui-même de nombreux débris de troncs d'arbres aplatis et de végétaux
herbacés. Ce combustible , qui se retrouve à la
Mothe–Servolex, etc. , est parfaitement analogue aux lignites de la Tour–du–Pin en Dauphiné et devient , depuis quelques années , pour la
consommation de Chambéri , l'objet d'une ex-
ploitation importante. La formation et la des-
cente. de ces cailloux roulés , remontent sans
doute à la dernière époque des soulèvemens
auxquels les Alpes occidentales doivent leur
configuration actuelle, et que M. Elie de Beaumont a si bien établie dans son Mémoire sur
les révolutions de la surface du globe.

La nature, toujours admirable dans ses œu- Promenades.
vres , a su tirer parti de ses convulsions souterraines , de la dislocation des roches et du
croisement des montagnes pour varier à l'infini les sites , et pour embellir ses paysages.
Les environs d'Aix présentent , en effet , de tous
côtés , des promenades délicieuses. Je vais en
indiquer les principales , avec leur distance de
la ville.

Le *Gigot* (3 minutes) , ainsi nommé à cause
de sa forme triangulaire. Ses allées sont garnies de siéges et plantées de grands marronniers.

Le port de Puer (45 minutes); on s'y rend par une avenue de superbes peupliers d'Italie, longue de quinze cents mètres. Ce port est le point de départ des promenades sur le lac et de celles à Haute-Combe.

Hameau de St.-Simon (20 minutes), où se trouve une source ferrugineuse , appelée fontaine d'Hygie; elle est décorée d'une pierre votive. De-là , on va voir la tour de M. Eustache, qui n'en est éloignée que de quelques pas.

Jardin Chevallay (10 minutes), sur la colline d'Aix , d'où l'on découvre l'abbaye d'Haute-Combe , l'admirable campagne qui entoure la ville et le rideau de verdure que forme la colline de Tresserve. *

Bois Martinel (20 minutes). On suit le prolongement de la route précédente , en montant du côté de *Mouxy*. On traverse le petit ruisseau du Gachet , et bientôt on aperçoit, au couchant, une grande partie du lac , la montagne de l'Épine, le passage du Mont-du-Chat, le monastère d'Haute-Combe ; au Nord, le château de Châtillon ; et , au Midi, les montagnes de la Chartreuse.

* Indépendamment de ce jardin et de celui du Cercle déjà cité , il se trouve dans la ville , un grand nombre de jardins particuliers , dont l'entrée est constamment ouverte à tous les étrangers.

On peut visiter, en se rendant à ce bois, la terrasse de la *Grange-Vidal*, au Gachet, où l'on jouit d'une des plus belles vues du bassin d'Aix, et plus loin, la carrière dite des Romains, située sur la même colline, près du territoire de Marlioz. C'est de cette carrière que paraissent avoir été extraits les blocs énormes, employés à la construction du temple de Diane et de l'arc de Campanus. Dé-là, on peut revenir en ville par le hameau du Biollay, la belle campagne du colonel De Chevillard et la fontaine sulfureuse qui porte son nom.

Colline de Tresserve (30 minutes). On arrive à cette colline par des avenues ombragées et des chemins tortueux, toujours secs et bien entretenus. On peut s'y diriger par la route de Chambéri, ou par celle du Tillet.

Il convient de prendre la première, lorsqu'on se propose de visiter la charmante habitation du colonel Viviand, et de mieux jouir du contraste que présente, d'une part le vallon d'Aix, et de l'autre les eaux du lac, si remarquables ar leur limpidité et leur teinte d'azur. *

---

* Le lac du Bourget a quatre lieues de long, sur une lieue et quart de large, et plus de 80 mètres de profondeur, près Haute-Combe et du château de Bordeaux. Sa hauteur au-dessus de l'océan est de 693 pieds ; celle du lac d'Anneci, de 1362 ; celle du lac de Genève, de 1142.

Le spectateur , placé au sommet de la col
line, voit se dérouler, comme par enchante
ment, autour de lui, les tableaux les plus rians.
L'opposition, toujours changeante, des ombres
et des lumières, prête à leurs couleurs des nuan
ces infinies. Voici l'ordre dans lequel se suc-
cèdent les scènes variées de ce panorama. Du
Nord à l'Est, montagne et coteau de St.-In-
nocent, collines de Grézy, de La Biolle, d'Albens ; de l'Est au Midi , montagne de Trevi-
gnin, communes de Drumettaz, Clarafond,
Méry ; le château du Donjon, celui de Monta-
gny , la Dent-de-Nivolet ; du Midi à l'Ouest ,
les plateaux de Sonnaz , de St.-Ombre , de la
Croix-Rouge, le château du Bourget , où na-
quit Amédée-le-Grand , celui de la Motte, le
village du Bourget, où sont plusieurs restes
d'antiquités romaines ; et, sur un plan plus re-
culé, les montagnes de la Grotte, de la Chartreuse , de l'Epine , de Granier , de Monta-
gnole; enfin , de l'Ouest au Nord, la Dent-du-
Chat, le château de Bordeaux , la montagne et
l'abbaye d'Haute-Combe, le rocher dit Molard-
de-Vion, le château de Châtillon et la montagne du Colombier.

Par la seconde route, on arrive à l'extrémité septentrionale de la colline, où se trouve
une ancienne construction, nommée la *Maison
du diable*, et près de-là, une esplanade fort

élevée , d'où l'on jouit d'une vue magnifique.

On peut encore visiter au bas de la colline de Tresserve, sur le versant Ouest , le château de Bonport. Il est accessible par terre et par eau. Lorsqu'on veut s'y rendre par le lac , il convient de s'embarquer au port de Cornin , petite baie, située au Nord-Ouest de la même colline.

Coteau de St.-Innocent (une heure) , situé sur les bords du lac , renommé par ses vignobles et l'excellente qualité de ses fruits. Après avoir suivi la grande avenue qui conduit au port de Puer , on prend sur la droite , un chemin raboteux qui aboutit à deux jolis villages , St.-Innocent et Grésine. On découvre, depuis le château de St.-Innocent et la campagne *Blanchard*, une foule de points de vue pittoresques, que quelques voyageurs comparent à ceux si vantés du canal de Constantinople.

Cascade de Grézy (45 minutes) , sur la route de Genève ; au confluent du *Sierroz* et de la *Daisse* , torrens impétueux qui se jettent avec fracas au milieu des précipices qu'ils ont creusés dans leur cours.

L'aspect menaçant des rochers , la vue des gouffres qui engloutirent madame de Broc , et le monument funèbre qui lui fut érigé par la reine Hortense , jettent dans l'ame , une mé-

lancolie sombre et touchante qui prête un nou
veau charme au tableau.*

Course au *Mont-du-Chat* (2 heures 1/2)
Pour abréger la traversée qui est ordinairemen
d'une heure, on prend un bateau à Cornin
On embarque avec soi des ânes, dont le se
cours devient fort utile, pour gravir la mon
tagne. Quand l'embarcation est favorisée pa
les vents, elle arrive, en moins de trois quart
d'heure, au pied de l'antique et pittoresqu
château de Bordeaux.

Après avoir suivi quelque temps, les circon-
volutions de la nouvelle route, taillée dans
les flancs du rocher, on parvient au sommet
du col. C'est par cet endroit que le savant
Deluc, s'appuyant sur la description de Poly-
be, a pensé que s'effectua le passage d'*Annibal*
(deux cent vingt ans avant l'ère chrétienne).
On y a trouvé un grand nombre de médailles
romaines ; un Anglais y découvrit aussi, il y
a peu d'années, une inscription latine, ou *ex*

---

* Voici l'inscription qu'on lit sur la pierre tumulaire :

H

MADAME LA BARONNE DE BROC,

AGÉE DE VINGT-CINQ ANS, A PÉRI SOUS LES YEUX DE SON AMIE,
LE 10 JUIN, 1813.

Ô VOUS, QUI VISITEZ CES LIEUX, N'AVANCEZ QU'AVEC PRÉCAUTION
SUR CES ABÎMES : SONGEZ A CEUX QUI VOUS AIMENT.

voto, consacré à Mercure. * Ceux qui désirent gravir la Dent-du-Chat , quittent la grande route de Chambéri à Yenne, laissent leur monture au Chalet et suivent à pied , un sentier escarpé , devenu assez difficile par suite d'un incendie qui a dévoré les arbres et les broussailles, servant à masquer les précipices , et auxquelles le voyageur pouvait se cramponner. Il est rare que les dames s'exposent à arriver jusqu'à la cime ; c'est cependant depuis ce lieu qu'on découvre les points de vue les plus ravissans , tels que le cours sinueux du Rhône , les environs de Lyon , une partie de la Suisse et du Dauphiné , les bassins d'Aix , de Chambéri , de Chautagne et de Belley , les contours d'une multitude de vallées, le Mont – Blanc (14798), l'Aiguille du midi (12054), celle de Charmoz , les autres pics élevés qui dominent Chamonix ; enfin , un panorama qui comprend , dans son ensemble, une immense quantité de montagnes.

Haute-Combe (2 heures) , situé au Couchant du lac , sur le revers oriental de la montagne

---

* Quelques antiquaires font dériver le nom de Mont-du-Chat de *Catus* ou *Catulus* , à cause de cette autre inscription trouvée au même lieu et qu'on voit dans la Chapelle souterraine du Bourget.

MERCURIO. AUGUST. SACRVM. T. TERENTIUS. CATULUS. V. S. L. M.
D'autres , de *Thuates* qui , en langue celtique , signifie *Mercure*.

C

qui porte ce nom, célèbre par son abbaye, autrefois destinée à la sépulture des princes de la Maison de Savoie, et restaurée depuis peu par le pieux et excellent roi Charles-Félix, sur les dessins de l'ingénieur Melano.

On remarque dans l'église, un tableau de St. Bernard, peint par Serrangioli, un groupe en marbre de Carrare, exécuté par *Cacciatore*, de belles peintures à fresque des artistes *Vacca* et *Gonino*, les tombeaux des princes Amé V, Amédée VI, Amédée VII, Humbert III. On voit encore à la gauche du sanctuaire, le monument de Louis I, baron de Vaud, et de Jeanne de Mont-Fort; à sa droite, celui du comte Aymon et d'Yolande; et derrière le maître-autel, celui de Boniface de Savoie, archevêque de Cantorbéri; près de la porte de la sacristie, le magnifique mausolée de Pierre de Savoie, et dans l'autre nef, celui d'Anne de Zehringen.

On admire en outre une multitude de bas-reliefs, de cariatides, de petites statues exécutées, ainsi que les tombeaux, en pierre de Seyssel, et représentant des génies, des anges, des vertus; enfin, la variété et la délicatesse des ornemens gothiques qui décorent l'église dans toute son étendue.

Le monastère d'Haute-Combe, fondé en 1125 par Amédée III, a donné deux papes à l'Eglise romaine, Célestin IV et Nicolas III. Il fut d'abord habité par des moines de l'Ordre de saint Basile, et l'est aujourd'hui par ceux de Cîteaux.

Sur la hauteur, à peu de distance de l'abbaye, est une fontaine intermittente irrégulière, appelée *Fontaine des merveilles*. L'ombrage des châtaigniers et les points de vue délicieux qui l'entourent, semblent s'être réunis aux étonnans paroxismes de la source, pour piquer et intéresser la curiosité du voyageur.

Saint-Germain (2 heures), village sur la montagne de ce nom *, où passait une voie romaine qui conduisait en Chautagne par le détroit de St.-Germain. On suit d'abord la route de Genève, puis celle du château de Longephan : les rochers qu'on est ensuite forcé de gravir, renferment une grande quantité de pétrifications. Depuis leurs sommités, la vue s'étend sur un immense horison ; elle embrasse le bassin du lac, les plaines de la Chautagne et celles des environs de Belley, les circuits du Rhône et ceux du canal de Savière, les montagnes de Mole (5700), près de Bonneville, de la Tournette (6600), près d'Anneci, le mont Salève (4214), peu distant de Genève,

* Cette montagne est celle du bassin d'Aix qui fournit le plus d'espèces intéressantes en Botanique et en Entomologie.

et au midi la crète neigeuse des Alpes du Grai‑
sivaudan.

Chambéri (2 heures). Population 15,000
ames. Les objets qui offrent plus particulière‑
ment de l'intérêt dans cette capitale du Duché,
sont : le château, les hospices de St.-Benoît et
de la Charité, l'Hôtel-Dieu, le dépôt de men‑
dicité, le théâtre, la rue *De Boigne*, les boule‑
vards, la promenade du Verney, l'établisse‑
ment d'horticulture de Martin Burdin et la
Bibliothèque publique, qui se compose de
12,000 volumes. Elle renferme dans son en‑
ceinte un musée, contenant plus de 11,000
médailles romaines, des collections de miné‑
raux, de plantes alpines, d'oiseaux, d'insectes
et de papillons, quelques beaux tableaux ; en‑
fin, plusieurs restes d'antiquité trouvés à Aix,
à Lémenc, à St.-Pierre-d'Albigny et autres lieux
de la Savoie.

Cascade du bout du monde, située à trois
quarts d'heure de Chambéri, formée par la
Doria qui se précipite, écume et gronde dans
un amphithéâtre de rochers, au-dessus desquels
s'élève la cime colossale de la montagne de
Chaffardon.

Les Charmettes. Jolie campagne sur la hau‑
teur, à dix minutes de Chambéri, long-temps

habitée par J.-J. Rousseau. On y montre son portrait et celui de Mme de Varens. Sur la façade principale est une pierre, portant l'incription suivante, placée par Hérault de Sechelles :

> Réduit, par Jean-Jacques habité,
> Tu me rappelles son génie,
> Sa solitude, sa fierté,
> Et ses malheurs et sa folie.
> A la gloire, à la vérité,
> Il osa consacrer sa vie,
> Et fut toujours persécuté.
> Ou par lui-même ou par l'envie.

La grande Chartreuse, à 8 lieues de Chambéri, 6 de Grenoble. Il est difficile de trouver une route plus pittoresque et plus romantique que celle qui y conduit. Elle se fait en voiture jusqu'à St.-Laurent, et de-là à dos de mulet. A trois quarts d'heure de Chambéri, on admire la superbe cascade de Couz. Plus loin, on traverse la grotte des Echelles, longue de 206 mètres, comparée par sa beauté à celle de Pausilippe et digne de servir de vestibule aux Alpes. Avant d'entrer dans la grotte, on voit à gauche l'ancien passage, ouvert en 1670 par Charles-Emmanuel II, où se trouve gravée une belle inscription latine. Depuis le hameau de St.-Laurent, le chemin s'élève dans une gorge étroite, formée par le déchirement des rochers,

au milieu de bois noirs et de précipices. L'amateur de la nature trouve à chaque pas, une multitude de plantes alpines et d'insectes curieux.
Le Monastère qui étonne par ses dimensions
gigantesques, fut fondé en 1084 par St.- Bruno.
Il est élevé de 3136 pieds au-dessus de la mer.
J.-J. Rousseau a fait l'éloge des Religieux qui
l'habitent, en écrivant dans l'album du Cou-
vent : *j'ai trouvé dans ces déserts des plantes rares et de plus rares vertus.*

Anneci (4 heures 1/2). L'étranger traverse
de préférence cette ville, en se rendant à Genève ou à Chamonix ; souvent aussi il en forme le but d'une excursion spéciale. La route
qui y conduit passe à Albens, autrefois station
romaine, où l'on voit encore les restes d'un
camp romain ; et à Alby, dont la position pittoresque, la cascade, le beau pont sur le Cheran, le redressement des couches de grès-mol-
lasse signalé par de Saussure, n'attirent pas
moins l'attention du dessinateur que celle du
géologue.

La ville d'Anneci, peuplée de 7 à 8,000
ames, présente par ses manufactures, son
cours d'eau et l'industrieuse activité de ses habitans, le mouvement des villes les plus com-
merçantes. Les objets qui méritent de fixer particulièrement l'attention du voyageur, sont :

le Château, ancienne résidence des ducs de Savoie – Nemours, les églises de la Cathédrale
et de St.-Maurice, celle de la Visitation, où
l'on admire les châsses en argent de St. F. de
Sales et de Ste. de Chantal, exécutées par l'or-
fèvre Cahier, d'après les dessins de l'architecte
P. Dunand d'Anneci, le collége, le séminai-
re, le Haras royal, la filature de coton de
MM. Duport, les usines à fer de MM. Frère-
Jean, alimentées par les belles chûtes d'eau de
Cran, les magnifiques promenades, situées au
bord du lac, les châteaux de Duing, de Men-
thon et de Montrotier, les antiquités du village d'Anneci-le-Vieux, sa situation, ses points
de vue ; enfin, la route romaine, taillée dans
le roc, près du pont St.-Clair, non loin duquel se trouve gravée l'inscription suivante :

L. TINCIVS PACVLVS PERVIVM FECIT.

La grotte de Bange (4 heures). On quitte la
route de Genève, à peu de distance de la cascade de Grésy, pour prendre le chemin qui mène au village de ce nom, remarquable par sa
vieille tour romaine. On traverse la commune
de Cusy. *Après avoir passé le pont de Bange,
on monte à la grotte qui n'en est pas très-éloi-
gnée, on s'y enfonce sur une pente moyenne de

* A deux heures de ce village, se trouve la montagne de
Gruffy, d'où l'on jouit d'un des plus beaux panoramas de la Savoie.

20 à 25 degrés, par deux ouvertures qui se réu=
nissent et forment ensuite une seule galerie de
plus de 900 pieds de longueur. Les parois sont
recouvertes de stalactites blanches qui affectent
les formes les plus bizarres. A l'extrémité de la
galerie, est un passage bas et étroit qui conduit
à un lac alimenté par un ruisseau assez fort
qu'on voit descendre de l'intérieur de la montagne. Les intermittences d'écoulement de ce
lac, dont on ne connaît ni la grandeur ni l'is=
sue, produisent, à certains momens du jour, un
bruit très-singulier.

Le Cheran, qui arrose cette vallée pittoresque, roule, depuis la grotte de Bange jusqu'à
son embouchure dans le Rhône, des paillettes
d'or que les habitans des communes voisines
ramassent avec soin.

L'amateur des beaux sites et le naturaliste
qui ne comptent pas les heures, pour se mé-
nager de nouvelles jouissances, trouveront encore en Savoie une foule de lieux dignes d'être
visités. Tels sont les vallées de Tarentaise, de
Beaufort et des Bauges, les glaciers du Mont-
Blanc et le bassin de Chamonix ; la Tournette, les abords agrestes de Thônes, la gorge
de St.-Saturnin ; les mines de lignite d'Entre-
vernes et de Sonnaz, les mines de fer de Mau-
rienne, celles de plomb argentifère de Pesey et
Macôt,

Macôt, les salines de Moûtiers, la roche sa-
lée d'Arbonne, etc.

§ 3me

ANTIQUITÉS.

Les Eaux d'Aix ont été appelées successivement
*Aquæ Allobrogum, Aquæ Domitiæ, Aquæ Gratia-
næ.* Leurs qualités précieuses et leur situation
dans une vallée riante et fertile, entre Chambéri (Lemnicum) et Genève, sur un embranche-
ment des grandes voies romaines qui traver-
saient les Alpes,* furent sans doute les motifs qui

---

* Les Alpes étaient divisées à cette époque, en trois parties :
la 1.ère ou *Alpes pennines*, s'étendait depuis le Grand-Saint-
Bernard jusqu'au Simplon ; elle avait une grande voie romaine
qui traversait la Suisse et finissait à Mayence. La 2.ème ou *Alpes graiennes*, occupait l'espace compris entre le Mont-Cénis
et le Grand-Saint-Bernard. L'Itinéraire d'Antonin y place une
voie militaire qui conduisait de Milan à Vienne en Dauphiné,
capitale de l'Allobrogie. Celle-ci passait par Yvrée, la Cité-
d'Aoste, la Tarentaise ; arrivée à Conflans, elle se divisait en
deux branches ; l'une se dirigeait à droite, traversait le Col-de-
Tamié, Faverges, Talloires et Genève ; l'autre suivait la riviè-
re d'Isère, passait à Montmeillan, à Chambéri et aboutissait à
Lyon par le Mont-du-Chat. La 3.ème ou *Alpes cotiennes*, s'é-
tendait du Mont-Cénis au Mont-Viso. Elle avait deux voies militaires, l'une qui conduisait de Milan à Arles par le Mont-
Genèvre, l'autre à Genève par Suze, Chambéri, Aix et Albens.

D

engagèrent les anciens à y ériger les monumens dont nous admirons les vestiges.

Au rapport de Cabias, ce fut un des procon-
suls de Jules-César, nommé Domitius, qui y
fit construire les premiers bains, après la vic-
toire qu'il remporta sur les Allobroges, l'an
628 de Rome. *Ces bains furent successivement embellis et restaurés par les Préfets de la

---

* Il est difficile de déterminer avec exactitude les limites de
l'ancienne Allobrogie ; toutefois il est généralement reconnu
qu'elle comprenait la partie septentrionale du Dauphiné, les
provinces de Savoie-Propre, du Genevois, de Carouge, le
Chablais occidental, le Bas-Faucigny et la portion du Canton
de Genève qui est située sur la rive gauche du Rhône.

La ville d'Aix se trouvait donc dans l'ancienne Allobrogie,
dont elle dut subir les révolutions. Après la mort de Julius-
Cottius, dernier Roi de ce pays, elle appartint à la *Province
Romaine*, sous le règne de Néron, l'an 54 de l'ère chrétienne.
A la chûte de l'Empire des Césars, elle fut comprise dans la
Province Ecclésiastique Viennoise, dépendante du diocèse de
Grenoble ; de-là vient que quelques auteurs du moyen âge l'ont
appelée *Aquæ gratianæ*, c. a. d., *Aquæ gratianæ Diœcesis*. Elle
fit partie de l'ancien royaume de Bourgogne, passa ensuite
dans la Bourgogne *transjurane*, lors du partage qui eut lieu en
855, entre les Fils de l'empereur Lothaire, et appartint successivement aux royaumes de Provence, d'Arles et d'Italie.

Aix avait alors ses Comtes qui, vers le 5.ème et le 6.ème
siècle, étaient souverains. Vers le 12.ème, ils relevaient des
princes du Genevois, et au commencement du 15.ème siècle,
cette contrée passa au pouvoir des Ducs de Savoie qui l'érigè-
rent en Baronnie, puis en Marquisat relevant de leur couron-
ne. Enfin, depuis 1792, elle fut soumise à la domination française jusqu'à l'époque de la Restauration, en 1815.

BAIN DE CÉSAR.

Province Romaine, et l'importance en fut telle, qu'ils conservent jusques dans leurs ruines, des traces de grandeur et de magnificence.

Ceux que l'on a découvert sous la maison Perrier-Chabert , et qu'on désigne sous le nom de *Vaporarium romain*, sont sans contredit les plus remarquables.

Pour se faire une idée exacte de ces constructions souterraines , qu'on se représente d'abord une vaste étendue de sol affermi par plusieurs couches de ciment. Sur ce sol sont rangés parallèlement un grand nombre de piliers en briques , tantôt ronds , tantôt carrés et tantôt demi-circulaires , qui supportent une série de bains.

Celui dont je donne ici le dessin est de tous le mieux conservé. C'est celui qu'on nomme vulgairement *Bain de César*. Il paraît avoir servi principalement de piscine , et offre environ 15 mètres carrés de surface. Sa forme est celle d'un octogone irrégulier. Tout au tour, sont des *scallaria* ou gradins revêtus de marbre blanc. A l'Est , se trouve un bloc de ciment , aussi revêtu de marbre , et imitant un tronçon de colonne , vraisemblablement destiné à supporter quelque statue. Un trou existe au bas de ce piédestal, et l'inclinaison du sol du bain , vers cet endroit , indique que c'est par-là qu'avait lieu l'écoulement des eaux.

Le bain tout entier est supporté par une centaine de piliers quadrangulaires, autour desquels règne un corridor, où circulaient les eaux, ainsi que dans l'espace compris entre les piliers. Sur les faces Est et Ouest de cette galerie, le mur décrit des segmens de cercle qui servaient peut-être à exciter dans le liquide un tourbillonnement propre au dégagement des vapeurs. Le plafond du corridor est percé d'une multitude de petites cheminées rectangulaires, faites en terre cuite, communiquant entr'elles, et ayant o mèt., 12 sur 5 cent. d'ouverture, et 1 mèt., 14 cent. de hauteur. Un grand nombre de tuyaux de cette espèce introduisaient la vapeur dans la portion supérieure de la piscine, disposition qui pourrait faire supposer que cette pièce servait à la fois d'étuve et de bain d'immersion.

La plupart des larges briques, dont se compose ce massif, portent en relief l'inscription *Clarianus* qui paraît être le nom du fabricant : on lit sur quelques-unes *Clarianus cisal* ou *Cesar censem*, et sur d'autres, *Claria numada*. L'élégante proportion des lettres indique une époque rapprochée du beau siècle d'Auguste.

Diverses remarques intéressantes, faites sur ce bain et ceux qui l'entourent, méritent d'être citées :

1° On observe dans leur partie inférieure que

les pieds des piliers qui plongeaient dans l'eau sont demeurés presque intacts, tandis que la portion la plus élevée, mouillée seulement par la vapeur, a été fortement corrodée.

2° Tant que ces diverses constructions se sont trouvées à l'abri de l'air extérieur, rien n'a pu altérer leur solidité : mais dès qu'un libre accès lui a été ouvert par les excavations qu'on y a faites, un grand nombre de briques ont commencé à se détériorer.

3° Lors des premières fouilles qui eurent lieu en 1779, on découvrit un espace de huit mètres carrés, entièrement dépourvu de piliers. Le plafond, comme suspendu en l'air, résistait au poids énorme du bain superieur et de la maison qui avait été bâtie au-dessus. On a même reconnu depuis lors qu'une portion des murs de ville portait sur le pavé d'un autre bain, dépourvu d'appui, comme le précédent.

4° Quelques bains particuliers, existant aux environs du vaporarium, ont fait découvrir une couche de charbon pilé, placée entre le sol et la maçonnerie, ce qui prouve que les anciens n'étaient pas étrangers à ce moyen de conserver la chaleur des eaux.

5° Les planches de marbre qui formaient les revêtissemens intérieurs, sont recouvertes en plusieurs endroits d'une espèce de mastic, mélangé de fragmens de briques. Un fait analogue a été observé aux anciens bains de Néris par le Dr Boirot-Desserviers, et il paraît assez probable que ce stuc fut placé après coup par les Romains, et lorsque le besoin d'empêcher la filtration des eaux ou la détérioration des marbres, en eut fait concevoir la nécessité.

6° Les recherches faites en l'an IX par M. Albanis Beaumont, ont démontré que ces constructions n'étaient qu'une faible partie d'un édifice extrêmement vaste, qui embrassait, dans son ensemble, la plus grande partie de l'emplacement, occupé aujourd'hui par la ville. D'après cet archéologue, les Thermes d'Aix, de même que ceux de Titus, de Domitien, de Caracalla et autres bains célèbres de l'antiquité, avaient leur entrée principale, leur enceinte, leur piscine, leur *Apoditerium*, leur *Tepidarium*, leur *Eleothesium*, etc.

Le *Vaporarium* et plusieurs autres bains trouvés sous les maisons voisines étaient alimentés par la source dite d'*Alun*. L'eau, après avoir parcouru les galeries, dont les restes sont au-dessous de la maison Perrier, tombait dans l'emplacement qu'occupe aujourd'hui le grand bassin, nommé *Bain Royal.* * On voyait, il y a

---

* Cabias dit que ce bain a pris le nom de Bain Royal, depuis que Henri IV s'y est baigné en 1600 avec les Seigneurs de sa Suite, lors de son séjour en Savoie, par l'effet de ses différens avec les Cours d'Espagne et de Turin.

ARC DE CAMPANUS.

peu d'années, au milieu de ce bassin, un reste de piédestal ou socle, qui portait sans doute la statue de quelque divinité; de-là, l'eau passait, par des conduits souterrains, hors de la ville, où elle servait, dit Cabias, à baigner les chevaux et autres animaux domestiques.

Non loin de ces bains, et à égale distance des deux sources, s'élève *l'Arc de Campanus*. Ce monument qui fait encore par sa belle conservation un des embellissemens actuels de la ville d'Aix, était placé sur la voie des Thermes. Sa structure, où l'artiste a su allier la simplicité et l'élégance des ordres Dorique et Ionique, présente déjà quelques traces de la décadence des arts. Arc de Campanus

Sa largeur prise en dehors est de 6 mètres, 71; sa plus grande élévation, non comprise la portion maintenant cachée dans la terre, de 9 m., 16; le diamètre de l'ouverture de l'arc, de 3 m., 23; et l'attique, y compris la plinthe, est aussi haut que tout l'entablement.

La corniche n'a ni l'épaisseur, ni la saillie prescrites par les règles d'architecture, ce qui fait penser qu'elle a subi diverses mutilations : suivant M. le comte Deloche, l'architrave aurait disparu sous le marteau, pour faire place aux *plates-bandes*, où sont inscrits les noms des personnes auxquelles il fut consacré.

La frise présente, sur sa face Ouest, huit niches (*columbaria*) qui, selon quelques antiquaires, devaient renfermer des moulures en bronze ou des métopes; et selon d'autres, les urnes cinéraires ou les effigies des personnages dont les noms sont sculptés au-dessous.

Les inscriptions gravées sur l'attique et sur l'architrave forment autant de dédicaces, en l'honneur des membres de la famille Pompeia. Les voici avec leur tradition.

Sur l'attique.

POMPEIO CAMPANO AVO A PATRE.
A Pompeius Campanus, grand-père du côté paternel.

CAIIAE SECVNDIN. AVIAE A PATRE.
A Caia Secunda, grand-mère du côté paternel.

POMPEIAE MAXIMAE SORORI.
A Pompeia Maxima, sa sœur;

POMPEIO CAMPANO FRATRI.
A Pompeius Campanus, son frère. *

Sur l'architrave.

D. VALERIO GRATO.
A Décius Valerius, Gratus

CAIIO AGRICOLAE.
A Caius Agricola.

POMPEIAE L. SECVNDIN. AMITAE.
A Pompeia Lucia Secundina, la tante.

* Deux autres inscriptions, placées sur le monument, à la droite de celle-ci, sont illisibles.

C.

TEMPLE DE DIANE.

C. POMPEIO JVSTO PATRI ET PARENTIBVS.

A Caius Pompeius Justus, le père et à ses parens.

VOLVNTILIAE C. SENTIAE AVAE AMATAE.

A Voluntilia Caia Sentia, aïeule chérie.

C. SENTIO IVSTO AVO AMATO.

A Caius Sentius Justus, aïeul chéri.

T. CANNVTIO ATTICO PERPESSO.

A Titius Cannutius Atticus Perpessus.

L. POMPEIO CAMPANO CAMPANI ET SENTIAE FIL.

A Lucius Pompeius Campanus, fils de Campanus et de Sentia.

Sous l'architrave.

L. POMPEIVS CAMPANVS VIVS FECIT.

Lucius Pompeius Campanus, de son vivant, fit ériger ce monument.

Selon la coutume des Romains, tout près des thermes, se trouvait un temple. C'est cet édifice que l'on nomme aujourd'hui le *Temple de Diane*, et qu'on voit, à quelques pas de l'Arc de Campanus, dans l'enceinte du château du marquis d'Aix. Quoique enfoui dans la terre, jusqu'au tiers de sa hauteur, il est accessible en dehors, par le presbytère, et en dedans, par l'entrée du théâtre.

Sa structure est à la fois solide et élégante ; elle est composée de gros quartiers de pierre, régulièrement superposés les uns aux autres, sans ciment. Ce genre de construction, connu sous le nom d'*isodomum*, pour le distinguer de l'architecture *pélasgique*, ou des constructions *cyclopéennes*, qui sont formées de polygones irré-

E

guliers , se rencontre dans presque tous les monumens publics qui nous sont restés des beaux
siècles de l'Empire romain. Tels sont la Maison-
carrée , les Arènes et le Temple de Nîmes , les
amphithéâtres de Vérone , d'Autun et d'Arles ,
l'Arc de Suze , celui d'Aoste , etc.

Sur les trois filets de la corniche qui cou-
ronne extérieurement les murs , on remarque
une saillie angulaire , semblable à celle que présente le théâtre de Marcellus à Rome. Cette précaution de l'architecte , comme le remarque
Vitruve , a pour effet de remédier à une illusion
d'optique qui tend à faire paraître inclinées en
avant , les surfaces verticales , et à faire déta-
cher l'avant-corps du reste de l'édifice.

Le fronton , du côté de l'Ouest , ne nous est
pas parvenu en entier. On n'en voit plus que le
tympan : il était entouré d'une corniche , dont
la partie supérieure a disparu.

La longueur du Temple , de l'Est à l'Ouest , est
de 14 m. , 94 : sa largeur , du Nord au Sud , 9
m. , 42 , et son élévation au-dessus du sol , 8
m. , 12 , sans compter le fronton , dont la hauteur est le sixième de la longueur du tympan.

Vestiges d'autres monumens. Outre les restes des monumens que nous venons d'indiquer , on en a découvert beaucoup
d'autres , tels que des mosaïques , amphores ,
marbres divers , serpentine antique , porphyre

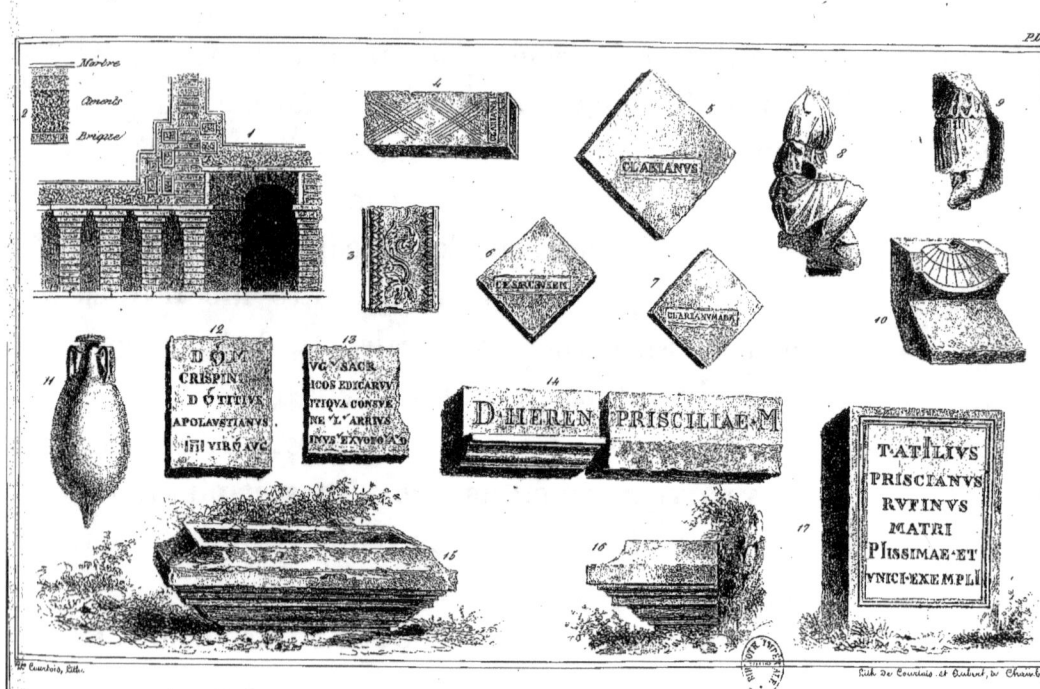

Fragmens d'antiquités d'Aix et de ses environs.

d'Egypte; des fragmens de bas-reliefs, de statues
et de colonnes; des médailles, dont la plupart
sont des deux premiers siècles de l'ère chrétienne; enfin, un cadran antique ou *Gnomon* creu-
sé en cône, dans un bloc de travertin.

Ce cadran, d'après l'usage des Romains, se
trouve divisé en douze parties égales pour les
lignes horaires. Ces lignes servaient pour toutes les saisons, de manière cependant que l'intervalle qui marquait les heures, en hiver,
était plus court que celui qui correspondait à
celles de l'été. L'ombre du style traçait cette
différence, par le plus ou le moins de longueur
de sa projection. Aux extrémités supérieure et
inférieure de la coquille, formée par la surface
concave du Gnomon, se trouvent deux segmens
de cercle qui indiquent les deux termes annuels
de la route du soleil; un troisième, placé au
centre, marque la ligne de l'équateur ou de l'é-
quinoxe (*Voy. la pl.* v).

On voit encore aujourd'hui ce reste précieux,
ainsi que plusieurs autres antiquités, dans les
jardins de M. Chabert qui se fait un plaisir de
les montrer à l'étranger.

CHAPITRE II.

DES EAUX THERMALES ET MINÉRALES D'AIX.

§ 1er

SOURCES THERMALES.

LES Eaux thermales d'Aix forment deux sources principales ; l'une dite de *Soufre* et l'autre d'*Alun* * ou de St.-Paul. Toutes deux jaillissent avec une abondance extraordinaire, à soixante mètres environ de distance l'une de l'autre.

La première, renfermée toute entière dans

---

* Les anciens, au rapport de Vitruve (Architect, p. 271), désignaient le gypse , sous le nom d'alun. L'on peut en inférer qu'ayant vu les cavernes, où passait cette source , recouvertes de sulfate de chaux, tandis que le même phénomène ne pouvait être vérifié pour l'eau de Soufre, dont le cours souterrain est inaccessible, ils donnèrent à celle-là le nom d'eau d'Alun , de préférence à l'autre. Comme elle ne contient cependant aucune trace de sulfate d'alumine, quelques auteurs l'ont appelée aussi source de St.-Paul, du nom d'une chapelle qu'on voyait jadis à peu de distance de ses réservoirs.

le vaste édifice, connu sous le nom de *Bâtiment royal*, sort d'une roche calcaire, pénétrée
de petits grains pyriteux, par une ouverture
de douze à quinze pouces carrés. Les variations
atmosphériques ont peu d'influence sur son volume, sa couleur et sa chaleur ; ce qui porte à
croire qu'elle coule plus profondément que l'eau
d'Alun.

Celle-ci sort du même banc calcaire, à une
élévation de près de trente pieds, qui permet de
l'employer pour les douches à forte percussion.
Elle communique avec plusieurs soupiraux ap-
pelés par Cabias les *Puits d'enfer*, qui semblent
indiquer sa direction souterraine. On peut re-
monter son cours sur une étendue de plus de 90
mètres, en y pénétrant par une caverne qui a reçu le nom de *grotte des serpens*, à cause du
grand nombre de ces reptiles, qui venaient y
déposer leur dépouille ou épiderme annuel,
avant que la partie inférieure de l'entrée eût été
fermée par un mur. *

Quelques pas au-dessus, on voit, au milieu
du chemin, une autre ouverture de deux pieds
carrés, recouverte par une pierre de Regard ;

---

* Les Couleuvres sont innocentes à Aix, comme elles le sont
ailleurs ; les vipères y sont venimeuses : mais, comme elles y
sont très-rares, ce fait a donné lieu à un préjugé qui consiste à
attribuer aux eaux sulfureuses, la propriété de neutraliser les
effets de la morsure des serpens.

c'est par celle-ci que le curieux descend plus ordinairement dans les souterrains , à l'aide d'une
échelle de huit à dix pieds.

« Arrivé sur une saillie de la roche , dit le
comte FORTIS , on aperçoit deux ouvertures en
forme de puits. Celle qui se trouve à droite est
la plus large; on y descend, au moyen d'une
autre échelle de quinze à seize pieds ; au fond
de cette seconde ouverture , se trouve une galerie peu inclinée qui mène à d'autres souterrains,
présentant diverses directions. »

En marchant du côté de la grotte des serpens,
on peut arriver jusques vers l'endroit où elle se
joint au soupirail d'entrée, dont nous venons
de parler. Les plus intrépides vont jusques-là :
mais ce n'est pas sans fatigue qu'ils rampent
dans ces circuits obscurs, où l'eau a près de 40°
R. et les vapeurs de trente-quatre à trente-cinq.

La lampe, que le curieux porte avec lui dans
cette atmosphère humide, n'y jette qu'une pâle
lueur ; lorsqu'elle est près de s'éteindre , le dan-
ger de s'égarer, joint à la suffocation produite
par les vapeurs , inspire aux plus braves un
sentiment d'effroi.

Les parois de ces cavernes sont recouvertes ,
à quelques pouces d'épaisseur, de chaux sulfa-
tée ; plusieurs auteurs ont même ajouté qu'on
y rencontrait du soufre cristallisé en octaèdres.

La voûte est tapissée de stalactites membrani-

formes , desquelles on voit couler des gouttes
d'eau fort acide. Chaptal rapporte le même phénomène des bains de St.-Philippe en Toscane ,
d'après le témoignage de Baldassari. Ce fait
avait déjà été observé par le Dr Fantoni qui
écrivait , il y a plus d'un siècle , dans son ouvrage sur les Eaux d'Aix : « Je m'aperçus que
» les plus acides de ces gouttelettes étaient celles
» qui se trouvaient les plus proches de la sour-
» ce , surtout vers la fenêtre qui donne du jour
» au réservoir des eaux ; les autres l'étaient beau-
» coup moins , et enfin , celles qui se trouvaient
» le plus loin de la porte , présentaient à peine
» de l'acidité. » Diverses expériences , faites à
ce sujet, donnent lieu de croire que l'hydrogène
sulfuré, tenu en suspension dans les vapeurs ,
venant en contact avec l'air extérieur , s'empa-
re d'une partie de son oxigène et le transforme
en gaz acide sulfureux ; l'état d'humidité et de
gaz naissant, où il se trouve , doit favoriser
cette combinaison.

Outre les deux soupiraux décrits, il en existe deux autres ; l'un, habituellement fermé ,
situé au Nord des bosquets du jardin Chevallay ; l'autre, dans la commune de Mouxy ,
sous le roc de S.-Victor , d'où l'on voit s'élever
en hiver de légères vapeurs.

Les excursions, faites à diverses reprises dans
ces souterrains, ont démontré que le massif , à

travers lequel filtrent les eaux, est plein d'an-
fractuosités; une d'elles, existant sous la maison Roissard, semble donner naissance à la source du jardin Fleury. *

Les eaux d'Alun tarirent tout-à-fait, il y a
environ cinquante ans, et prirent du côté de
l'Est un nouvel écoulement, à plus de cent mètres de celui qu'elles avaient d'abord. La visite
de la caverne ayant fait reconnaître que des
blocs tombés de la voûte en avaient obstrué les
conduits, on les déblaya, et bientôt après, les
eaux reprirent leur cours primitif.

Des observations qui datent de temps immémorial, prouvent que les Eaux thermales d'Aix
conservent à peu près toujours la même température. On a gardé cependant le souvenir de
quelques variations assez remarquables. C'est
ainsi qu'en 1755, lors du tremblement de terre
de Lisbonne, et en 1783, lors de celui qui bou-
leversa une partie de la Calabre, les eaux de
Soufre se troublèrent et se refroidirent; elles

---

* Cette fontaine et la source Chevillard jaillissent à un quart
de lieue de distance l'une de l'autre. La 1.ère est chaude, la
2.ème est froide et contient une substance bitumineuse : ces
sources n'ont point été employées jusqu'à présent. L'art médi-
cal pourrait néanmoins en tirer un excellent parti, surtout de
la source Chevillard qui n'est qu'à dix minutes de la ville, sur
la route de Chambéri, dans une position qui permettrait d'en
faire un but de promenade fort agréable pour l'étranger.

tinrent

tinrent en suspension, pendant plusieurs heures, des flocons gélatineux qui se déposaient, sous forme de sédiment bleuâtre ; rien de semblable n'eut lieu alors dans les eaux d'Alun, bien que le même phénomène ait été observé à cette époque, pour un grand nombre de sources thermales étrangères.

En 1816, les pluies ayant été très-abondantes, il parut aux environs des deux sources principales, d'autres filets d'eau chaude qui ne tardèrent pas à tarir, et qui furent probablement le simple résultat d'un trop plein. Les eaux d'Alun s'étaient extrêmement refroidies, et celles de Soufre ne marquaient que 25 degrés.

En 1822, une nouvelle secousse se fit ressentir dans la direction du N.-N.-Est au S.-S.-Ouest, et réagit encore sur les Eaux. Tout le sol de la Savoie fut fortement ébranlé, surtout aux environs du lac du Bourget et de celui d'Anneci. La source de Soufre resta froide, six heures de temps ; elle prit une teinte cendrée et charia, pendant un jour, une grande quantité de matière végéto-animale. Les eaux d'Alun, par une singularité digne de remarque, n'éprouvèrent encore aucun changement.

Dès-lors, les sources n'ont pas présenté de variations notables dans leurs qualités physiques ou chimiques : mais, celles qu'elles possèdent habituellement, pourraient, indépendamment de

F

leurs propriétés médicales, les rendre extrêmement utiles dans les arts et l'agriculture. En effet, leur situation au penchant de la colline,
leur volume considérable et presque toujours
uniforme, permettraient de les appliquer dans
plusieurs établissemens industriels. On a remarqué qu'elles sont éminemment propres à la
confection du papier et qu'elles lui donnent la
qualité de conserver les couleurs, qui y acquièrent plus d'éclat pour la peinture au lavis et à
l'aquarelle. La faculté qu'elles possèdent de dé-
graisser et d'assouplir la laine, les feraient employer avec avantage dans les fouleries. Les arts
du Teinturier, du Mégissier, du Tanneur, pourraient les utiliser, et elles offriraient à l'horticulture un moyen facile de maintenir dans les
serres une chaleur douce et constamment égale.

§ 2me

PROPRIÉTÉS PHYSIQUES.

Les propriétés physiques des Eaux d'Aix qui
méritent particulièrement d'être examinées, sont:
leur couleur, leur odeur, leur saveur, leur pesanteur spécifique, leur volume, leur dépôt et
leur chaleur.

L'eau d'Alun observée, tant dans les bassins
qui la reçoivent, au sortir du rocher, que dans
le *Bain royal*, présente une teinte légèrement
verdâtre, due aux conferves et *détritus* qui en
tapissent les parois.

L'eau de Soufre, tombant immédiatement
dans les cabinets de douches et de bains, où
règne beaucoup de propreté, n'offre pas la même teinte.

Toutes deux, examinées dans un vase de cris-
tal, sont d'une limpidité parfaite; on aperçoit,
seulement dans les eaux de Soufre, prises à la
source, le dégagement d'une multitude de bul-
les gazeuses qui viennent crever à la surface et
obscurcissent un instant leur transparence.

Les deux sources ont une odeur d'œufs cou-
vés, soit d'acide hydro-sulfurique, qui cependant est moins prononcée dans l'eau d'Alun. Cette odeur est insensible à la sortie du rocher.
Elle ne commence à se développer qu'au bout
de quelques secondes de leur exposition à l'air ;
vingt-quatre heures après, elles sont parfaitement inodores.

Si la présence de l'acide hydro-sulfurique ne
se manifeste pas constamment à l'odorat, elle
se reconnaît toujours au goût : car, après avoir
bu une verrée d'eau minérale, on ne tarde pas

Couleur.

Odeur.

Saveur.

à éprouver des rapports nidoreux qui sont d'autant plus fréquens que les circonstances favorisent davantage le dégagement du gaz hydrogène sulfuré.

Leur saveur varie, suivant l'état de l'air. Très-sensible dans les temps d'orage et lorsque l'atmosphère est chargée d'électricité, elle devient moindre dans les temps chauds et lorsque la pression atmosphérique diminue. Elle est d'ailleurs un peu nauséabonde et laisse une impression douceâtre.

Pesanteur spécifique.

La pesanteur spécifique des deux espèces d'eau est à peu-près la même et dépend de la température qu'elles ont au moment de l'expérience. Tant que les eaux sont chaudes, leur densité restant moindre, l'aréomètre, ainsi que l'a remarqué Socquet, s'y enfonce d'un degré et demi au-dessus de zéro. Refroidies, cet instrument se maintient à un quart de degré au-dessous de ce point et s'écarte peu de la densité spécifique de l'eau distillée.

Volume.

La source d'eau de Soufre produit, d'après Francœur, vingt litres par seconde, soit douze hectolitres par minute, et un million, sept cent vingt-huit mille litres par 24 heures. Qu'on ajoute à cette quantité, l'eau d'Alun, dont le volume est moitié de celui de la précédente, et l'on

aura une idée de la masse énorme des eaux thermales qui sont à la disposition de l'établissement.

On remarque dans le grand canal rectangu- Dépôts.
laire, qui conduit les eaux de Soufre au réservoir de distribution, un dépôt de couleur sombre, composé d'une multitude de filamens onc-
tueux au toucher, se déchirant à la manière
des substances fibreuses, et laissant au goût
l'impression d'une saveur fade, légèrement
styptique.

On trouve des dépôts analogues dans le bassin de la source St.-Paul, au fond du souterrain, appelé *cul-de-lampe,* et dans le Bain royal.
Ceux-ci ont plus de consistance et se rappro-
chent davantage, par leur aspect, des mousses
et des lichens, tandis que les premiers sont presque entièrement formés par une substance végéto-animale, appelée *glairine* par Anglada, et
Batraco-sperme par quelques naturalistes, à
cause de sa ressemblance au frai de grenouilles.
L'influence de la lumière du soleil la colore en
vert, d'une manière manifeste.

La chaleur des eaux est bien différente, lors- Chaleur.
qu'on l'observe dans les réservoirs extérieurs ou
dans les souterrains qu'elles se sont creusés naturellement. Au fond de la *Grotte des serpens*,
le thermomètre marque quelquefois 40° R.

Les *Bouillons* et les cabinets de l'*Enfer* donnent
de 34 à 35 °; le nouveau *Vaporarium* peut élever la chaleur de l'atmosphère de ses cabinets à
27 °; la *Division du centre* fournit l'eau à 34 °;
enfin, dans la division *Des princes* qui est mieux
aérée et plus vaste, cette chaleur dépasse rarement 33 degrés.

La température des eaux de Soufre varie à
peine en hiver ; mais, après de fortes ondées d'o-
rage ou des pluies prolongées, elle s'abaisse de
quelques degrés, et il lui faut un certain temps
pour revenir à sa chaleur normale. Celle des
eaux d'Alun, au contraire, s'abaisse promptement de 4 à 5 degrés dans la saison des pluies,
et remonte avec rapidité, aussitôt que les causes du refroidissement ont cessé.

La plupart des auteurs qui ont écrit sur
Aix, s'accordent à dire que l'eau commune,
portée au même degré de chaleur que ses eaux
thermales, se refroidit plus rapidement que celles-ci. L'un d'eux assure même que l'eau ordinaire, portée à 80° R., perd en deux heures
60°, tandis que l'eau thermale n'en perd que 15
en 12 heures. Les expériences comparatives que
j'ai faites, pour m'assurer de la réalité de cette
assertion, ne m'ont point donné les mêmes résultats. Examinées les unes et les autres dans des
vases de même métal, de mêmes dimensions,
à parois égales, et dont la capacité était remplie

par deux litres de liquide, elles m'ont prouvé au contraire que nos eaux thermales et l'eau commune, se refroidissent d'une quantité égale dans des temps donnés.

Si on plonge la main dans l'eau de Soufre ou d'Alun, sans l'agiter, l'impression de la chaleur est sensiblement moins forte que lorsqu'on lui imprime du mouvement. Cette observation est importante pour celui qui prépare les bains; car la sensation qu'il éprouve lui tient souvent lieu de thermomètre.

Malgré la température élevée des Eaux d'Aix, De Saussure dit, dans son savant ouvrage sur les Alpes (Vol. 3) qu'on trouve des animaux vivans dans les bassins qui les reçoivent, et qu'il y a reconnu lui-même des rotifères, des anguilles et d'autres animaux infusoires.

Les savans sont encore divisés sur la cause de la chaleur des eaux thermales. Plusieurs d'entre eux ont attribué cette chaleur au jeu de l'affinité chimique des corps qui existent dans les entrailles de la terre. *Cause présumée de la chaleur des Eaux thermales.*

Bari et *Lemaire* l'expliquent par la fermentation; *Steffens*, par l'action de grandes piles voltaïques, produites par l'alternat des couches qui forment l'enveloppe corticale du Globe.

Rullman, dans sa description de Wisbaden, exagérant le système de Kepler, imagine que le

Globe est un animal doué de vitalité, et que les eaux minérales appartiennent à ses sécrétions.

Etmuler, *Valmont-de-Bomare*, *Godefroi*, pensent que cette chaleur est due à la décomposition des pyrites; *Martinet*, à l'électricité; *Paul Dubé* et *Verner*, à la combustion lente des mines de charbon fossile; *Davy*, à la décomposition de l'eau et à l'oxidation, dans l'intérieur du Globe, des métaux qui forment la base des terres et des alcalis.

D'Omalius d'Halloy a recours, pour l'expliquer, à la chaleur centrale.* « On conçoit, dit-il (*El.*

---

* Le calcul a prouvé aux Astronomes que notre planète a précisément la forme qu'elle aurait dû prendre, si elle avait été primitivement fluide. Les observations faites sur la température intérieure de l'écorce du Globe, dans les plus grandes profondeurs qu'il ait été possible d'atteindre, démontrent aussi que cette écorce est douée d'une chaleur indépendante de celle que l'action du soleil développe à sa surface; que cette chaleur augmente avec la profondeur, et que suivant Cordier, elle peut être évaluée moyennement à un degré de thermomètre pour 25 mètres de profondeur, d'où il résulterait qu'à 2 kilomètres, elle atteindrait la température de l'eau bouillante, qu'à 10 myriamètres (soit moins de 1/60 du rayon terrestre), elle serait suffisante pour fondre la plupart des roches connues. Enfin, la physique nous apprend qu'une partie de cette chaleur, devant se perdre dans les espaces planétaires, par l'effet du rayonnement, il en résulte un refroidissement continuel. On est donc fondé à conclure que, d'une part, il se trouve en dessous de l'écorce du Globe une masse immense à l'état de fluidité ignée, et d'autre part, que la partie extérieure de cette masse fluide tend à passer à l'état solide et à se réunir à la partie inférieure de l'écorce.

de

» *de Géologie*, *p.* 428), qu'au milieu de l'amas
» de décombres qui composent la croûte du
» Globe, il se trouve non–seulement des inters-
» tices suffisans pour laisser passer des courans
» de matière liquide ; mais qu'il doit y en avoir
» d'autres plus resserrés qui ne laissent passer
» que des gaz plus ou moins échauffés. Or, dès
» qu'un de ces tuyaux naturels sera en commu-

Ces différentes considérations sont la base du système géo-
génique qui rencontre aujourd'hui le plus de partisans , d'après
lequel :

1° Notre planète a été primitivement à l'état de *fluidité in-
candescente* , entourée d'une atmosphère composée des fluides
élastiques actuels et d'une foule de matières sublimées.

2° La cause calorifique ayant cessé, un des premiers effets de
l'abaissement de température a été la *coagulation* d'une croûte
solide , ou un premier mode de formation de roches de haut
en bas.

3° Une partie des matières sublimées s'est ensuite précipi-
tée sur la terre et vint ajouter une nouvelle croûte solide dans
un sens différent de la précédente, soit de bas en haut ; c'est la
précipitation atmosphérique.

4° Dès que le refroidissement du Globe a permis que l'eau y
restât fluide, un autre mode de formation a eu lieu ; par voie
humide : c'est la *précipitation aqueuse*.

5° Enfin, après la consolidation de l'écorce ; a eu lieu *l'éja-
culation*, ou la poussée en dehors, d'une portion du liquide intérieur, qui a produit les soulèvemens de montagnes et les cou-
lées de roches pyroïdes. Elle s'est répétée plusieurs fois , à des
époques souvent fort éloignées. C'est encore aux effets de cette
poussée intérieure que nous devons les éruptions actuelles des
volcans, les tremblemens de terre et tous les phénomènes qui
s'y rattachent ; enfin , l'existence des sources thermales.

G

» nication, sous des conditions favorables, avec
» de l'eau, il la transformera en eau thermale
» ou minérale, selon la nature et la tempéra-
» ture du fluide mis en contact; de même que
» dans nos laboratoires, on fait des eaux miné-
» rales factices, au moyen des gaz que l'on in-
» troduit dans l'eau ordinaire, par des tuyaux
» artificiels. »

La plupart des physiciens, et géologues modernes reconnaissant avec ce dernier l'insuffisance des causes énumérées par les anciens pour expliquer l'uniformité de la chaleur, des eaux thermales, ont recours, comme lui, à la théorie du feu central, Voici leurs raisonnemens :

1° Le foyer des sources thermales est à une grande profondeur, puisque les eaux les plus chaudes sont souvent entourées de glaciers ; telles sont celles de Louëch dans les Alpes, celles du Jumnotri et autres sources chaudes des monts Himalaya.

2° Le plus grand nombre d'elles existe dans des contrées qui ont subi autrefois l'action du feu, telles que les Cordillières, les Pyrénées, les montagnes de l'Auvergne, ou qui la subissent encore aujourd'hui, comme celles de Naples et de la Sicile.

3° La recherche de leur composition chimique y a fait découvrir, en général, les carbona-

tes de chaux, de magnésie, de fer; les chlo-
rures de *calcium*, de *sodium*; les sulfates de soude, de chaux, de magnésie, des traces de silice; les gaz qu'elles charient, sont d'ordinaire
les gaz carbonique, azote, hydro-sulfurique,
c'est-à-dire, les mêmes que dégagent les cratè-
res des volcans en activité.

4° La matière végéto-animale ou glairine
qu'on trouve dans presque toutes les eaux sulfureuses, se rencontre aussi dans les eaux d'Ischia et les vapeurs de la Solfatara, de Pouzzole
et du Vésuve.

Il est donc vraisemblable que les eaux thermales doivent leur chaleur aux feux souterrains.

Cette hypothèse, adoptée par le célèbre De
Laplace, et qui paraît la seule admissible dans
l'état actuel de nos connaissances, est confirmée par les observations de Humboldt,
Cordier, William Fox, Daubuisson, Debuch,
etc.; par la distribution générale des eaux chaudes sur toute la surface du globe; enfin, par
la rapidité avec laquelle agissent sur un grand

* Pendant un voyage que j'ai fait, il y a deux ans, dans le
Comté de Cornouailles, je suis descendu dans les mines sous-
marines de *Potalak* et dans celles de *Dolcoth*, dont les galeries
sont à plus de mille pieds au-dessous du niveau de l'Océan, et
j'ai constaté que dans toutes, la température est d'autant plus
élevée qu'on s'y enfonce davantage. Aux mines dites *United-mi-*

nombre d'elles à la fois, les tremblemens de terre et les éruptions des volcans.

§ 3ᵐᵉ

PROPRIÉTÉS CHIMIQUES.

———◦◦◦◦◦◦———

Analyse. Quand on considère que les eaux therma-les sont généralement adoptées comme moyens de guérison , même dans les maladies qui ont résisté à toutes les ressources thérapeutiques, et que les principes médicamenteux y sont en quantité minime, proportionnellement aux effets qu'ils produisent sur nos corps, on est porté à croire que les cures heureuses qu'elles opèrent sont dues moins à la quantité des élé-mens fixes et volatils contenus dans ces Eaux, qu'à un état de combinaison particulier , ou à l'action de principes subtils qui se sont déro-bés jusqu'ici à nos recherches : c'est pourquoi la véritable analyse , celle qui convient spécia-lement aux Médecins des Eaux , comme l'a remarqué judicieusement Boirot-Desserviers ,

_____

nes , l'eau des travaux inférieurs m'offrit une température de 8° plus élevée que celle de l'atmosphère. Cette eau devait avoir peu perdu de sa chaleur primitive , car elle jaillit avec une grande rapidité et en volume énorme : la force de la ma-chine à feu , employée pour l'élever . est de 308 chevaux , et son cylindre a sept pieds anglais de diamètre ou 2 m. ; 310.

consiste dans l'observation rigoureuse des effets qu'elles produisent sur l'économie animale.

Le Dr Bertrand du Mont-d'or a dit , en parlant des propriétés des eaux thermales : « sont-elles
» toutes du ressort de la chimie? Les fluides éléctri-
» que, magnétique, galvanique, la lumière dans
» tel état, le calorique dans tel autre, s'ils n'a-
» gissent pas sur leurs principes constituans ,
» ne concourent-ils pas du moins à l'effet qu'ils
» produisent, en prédisposant nos corps à les su-
» bir ! Ces eaux, ainsi transportées dans nos la-
» boratoires , ne sont-elles pas dans une condi-
» tion presque analogue à celles des fluides ex-
» traits de l'économie animale, où l'analyse trou-
» ve tout, hormis le principe de vie. » Cette idée, déjà émise par Chaptal, lorsqu'il avouait qu'en décomposant les eaux minérales , *on n'en disséquait que le cadavre* , sera confirmée par le tableau suivant, dont les analyses disparates serviront aussi à prouver le vague et l'incertitude qui doit exister dans la composition des eaux minérales artificielles.

TABLEAU des principes chimiques, contenus dans dix litres soit 10,000 grammes d'eau des sources minérales d'Aix, d'après les analyses de MM. Bonvoisin, Socquet, Thibaud et St.-Martin.

	BONVOISIN.		SOCQUET.		THIBAUD.				S.-MARTIN.
	SOUFRE.	ALUN.	SOUFRE.	ALUN.	SOUFRE.	ALUN.	FLEURY.	CHEVILLARD.	St.-SIMON.
Azote, quantité indéterminée.	»	»	»	»	»	»	»	»	»
Acide carbonique libre.	»	»	0,2492	0,3880	1,340	0,830	0,210	0,222	0,0338
Acide hydro-sulfurique.	1/5 du v.	1/5 du v.	0,0950	0,0360	0,095	0,036	»	»	»
Carbonate de chaux.	1,1803	1,2384	1,2252	1,1666	0,860	0,780	0,230	0,440	0,0592
id. de magnésie.	»	»	0,6683	0,6683	0,250	0,160	»	»	»
id. de fer.	0,0387	0,0774	»	»	0,030	une trace	0,190	0,120	0,0169
Hydro-chlorate de chaux.	»	0,4644	»	»	0,280	0,232	0,200	0,360	0,0127
id. de soude.	»	»	0,1019	0,2039	»	»	»	»	»
id. de magnésie.	0,1548	0,1548	0,3511	0,2605	»	»	»	»	»
Sulfate de chaux.	0,4257	0,6966	0,8155	0,8382	0,640	0,862	0,700	0,132	0,0127
id. de magnésie.	0,7353	0,2322	0,5285	0,4078	0,560	0,020	0,140	0,048	»
id. de potasse.	»	»	»	»	0,600	une trace	»	»	»
id. de soude.	0,3483	0,2322	0,3738	0,4191	0,020	1,068	1,150	0,720	»
Silice.	»	»	»	»	0,160	0,200	0,080	0,060	»
Matière animale ou glairine.	une trace	une trace	0,0227	0,0227	0,120	0,638	»	»	»
Matière bitumineuse.	»	»	»	»	»	»	0,320	0,350	»
Perte.	»	»	0,0453	0,0396	0,200	0,638	0,020	0,010	»
	2,8831	3,0960	4,2745	4,4507	5,555	5,006	3,240	2,462	0,1353

Des expériences ultérieures, faites sur les eaux thermales d'Aix, par les professeurs Michelotti, Daubeny et autres Savans, ont prouvé que les gaz contenus dans ces eaux forment environ le tiers de leur volume. Ces gaz sont de l'acide carbonique, en très-petite quantité, beaucoup d'azote et un peu d'hydrogène sulfuré. Le premier est plus abondant dans l'eau d'Alun, tandis que l'acide hydro-sulfurique prédomine dans l'eau de Soufre.

Le Dr Bonvoisin a affirmé que les vapeurs de l'eau d'Alun contenaient de l'acide sulfurique libre. « Je me suis attaché, dit Francœur (*Journ. de Pharm.* 1828, *p.* 340), aux preuves assignées pour reconnaître l'existence de cet acide, et voici ce qui me paraît l'attester incontestablement : »

« 1° Les grottes, chambres fermées, corridors, où les vapeurs pénètrent, ont leurs murailles corrodées et recouvertes de cristaux de sulfate acide de chaux. »

« 2° Tous les objets en fer sont non-seulement corrodés par l'oxidation ; mais, on y a reconnu le fer, la chaux, etc., à l'état de sulfate, dans beaucoup de circonstances. »

« 3° Les rideaux de toile qui sont exposés aux vapeurs, sont promptement rongés, et leurs lambeaux se trouvent imprégnés d'acide sulfurique. »

« On ne peut pas admettre l'existence de l'acide
sulfurique dans l'eau même. Il faut donc qu'il
se forme par voie de décomposition, au contact
des murs, du fer, etc., et, puisque la vapeur ne
contient que de l'hydrogène, de l'azote, du
soufre et de l'acide carbonique, il faut bien reconnaître que, par la présence de l'air atmosphérique, le soufre est abandonné à l'oxigène,
pour former peut-être du gaz sulfureux, mais
certainement de l'acide sulfurique. »

Le chevalier Charles de Gimbernat ne pensait pas que l'hydrogène sulfuré existât tout formé dans l'eau de Soufre, et s'appuyait, à cet
effet, sur l'expérience suivante : il versait de
l'eau de Soufre dans une *éprouvette*, jusqu'à la
moitié de sa hauteur, et y trempait une lame
d'argent, de manière que la moitié inférieure
fût seule plongée dans le liquide; cette partie de
la lame ne changeait pas de couleur, tandis que
la supérieure, qui n'était soumise qu'à la vapeur
de l'eau, se colorait rapidement en brun.

Ce chimiste regardait, avec le docteur Murray,
le gaz qui se dégage des Eaux d'Aix, comme un
composé d'acide carbonique et de soufre dissous
dans l'azote. Par le contact de l'air, ce gaz est
décomposé; il en résulte d'une part, de l'azote et
de l'acide carbonique, et de l'autre, du soufre
qui se précipite et de l'acide sulfurique libre.

On avait observé depuis long-temps que,
lorsque

lorsque la température de l'air s'abaissait au-dessous de zéro, les eaux de Soufre seules four-nissaient une grande quantité de matière géla-tineuse grise ou légèrement rosée, répandant une odeur empyreumatique, si on l'expose sur des charbons ardens. Il était réservé au Dr Dau-beny, professeur de chimie à Oxford, de démon-trer que cette même matière azotée peut se coa-guler aussi à une température plus élevée, et qu'on peut l'obtenir, sous forme de pellicules violacées, flottantes dans le liquide, lorsqu'on fait évaporer au feu une certaine quantité d'eau de Soufre, pendant quelques heures, dans une capsule de platine.

Le même auteur a démontré en outre, que les cristaux aciculaires qui se forment, en houppes filamenteuses, sur les parois de la grotte des eaux de Soufre, pris par divers chimistes pour de l'acide sulfurique concret, et par d'autres, pour du sulfate calcaire, n'étaient autre chose que du fer et de la chaux sulfatés, provenant sans doute de la décomposition de la roche, dont la grotte est formée, et des pyrites qui s'y trouvent éparses.

On a cru reconnaître, il y a quelques années, des traces d'iode dans les eaux de Soufre et d'A-lun. Ayant voulu vérifier ce fait par moi-mê-me, et après avoir inutilement employé l'ami-don comme réactif, j'ai eu recours à l'action de

H

la pile galvanique, considérée par le professeur Cantù et autres savans chimistes ; comme le meilleur moyen de découvrir les plus petites quantités d'iode, existant à l'état d'hydriodate dans les eaux minérales. Aucun des fils de platine placés, dans cette expérience, aux pôles de la pile, ne s'est coloré en bleu et n'a perdu de son brillant métallique ; ce qui rend extrêmement problématique l'existence de ce principe dans nos Eaux.

§ 4ᵐᵉ

PROPRIÉTÉS MÉDICALES.

Pour traiter cet article *ex professo* , il faudrait réunir un grand nombre d'histoires de maladies, entrer dans tous leurs détails et les faire suivre de considérations pratiques étendues, ce qui m'entraînerait loin des limites de cet opuscule. Je m'attacherai donc seulement ici à énumérer les affections qui ont été traitées avec succès par les Eaux d'Aix, me réservant de présenter plus tard quelques observations médicales, propres à diriger le malade dans leur emploi.

Quant aux propriétés générales , je me bornerai à faire remarquer que les deux sources sont très-résolutives, apéritives, diurétiques, expectorantes, emménagogues, et que les sels purgatifs qu'elles contiennent ne sont pas en quantité suffisante pour produire un effet sensible, à moins qu'on ne donne aux eaux une action mécanique, en les administrant à forte dose.

MALADIES

DANS LESQUELLES LES EAUX D'AIX SONT LE PLUS GÉNÉRALEMENT EMPLOYÉES.

PHLEGMASIES CHRONIQUES CUTANÉES.

Gale invétérée.
Pemphigus chronique.
Rupia simplex.
Acnè indurata,
— rosacea.
Porrigo favosa.
— scutullata.
— larvalis.
Lichen simplex.
Prurigo mitis.
Psoriasis guttata.
— diffusa.
— inveterata.
Pytiriasis simplex.
— versicolor.
Lupus ou dartre rongeante.

2

Maladie des follicules sébacés.

Kéloïde.

Syphilide tuberculeuse.

— vesiculeuse.

— papuleuse.

— squammeuse.

PHLEGMASIES CHRONIQUES DES MEMBRANES MUQUEUSES.

Ophtalmie chronique.

Otite chronique avec écoulement de matière purulente par le conduit auditif exter-
ne.

Catarrhe vésical.

— bronchique.

Blennorrhagie.

Leucorrhée ou pertes en blanc.

PHLEGMASIES CHRONIQUES DES MEMBRANES SÉREUSES.

Péritonite, suite de couches.

Epanchement pleurétique, suite de pleu-
rite.

PHLEGMASIES CHRONIQUES DU TISSU MUSCULAIRE.

Rhumatisme musculaire.

— fibreux.

PHLEGMASIES CHRONIQUES DU TISSU SYNOVIAL.

Rhumatisme goutteux.

Nodus articulaire, suite de concrétions to-
phacées dans les articulations.

PHLEGMASIES CHRONIQUES DES ORGANES GLANDULEUX.

Hépatite.

Mammite.

Didymite.

Orchite.

Ovarite.

Parotite.

Engorgement des glandes axillaires, inguinales, etc.

Engorgement de la rate, suite de fièvre intermittente.

HÉMORRHAGIES.

Flux hémorrhoïdal.

Ménorrhagie.

Aménorrhée.

Chlorose ou pâles couleurs.

Hémoptysie produite par la suppression des menstrues.

Ulcération du col de l'utérus avec pertes abondantes.

NÉVROSES.

Névralgie faciale ou tic douloureux.

Sciatique.

Hypocondrie.

Chorrée ou danse de St.-Guy.

Paraplégie, suite de lésion traumatique.

Paralysie, suite d'apoplexie sereuse.

Paralysie, suite d'apoplexie sanguine.

Paralysie, suite de coliques de plomb.

Catalepsie.

Hystérie.

Froid habituel de tout le corps avec apy-rexie.

Palpitation nerveuse simulant l'anévrisme.

Asthme.

Dyspepsie.

Pyrosis , suite de gastrite chronique.

Vomissement spamodique.

Coliques néphrétiques et autres.

LÉSIONS DES SYSTÈMES LYMPHATIQUE ET CELLULAIRE

Tumeurs gommeuses.

Ulcères chroniques.

Luxation spontanée de la tête du fémur ou coxalgie et autres variétés de l'Arthrocace.

Tumeurs blanches.

Scrofules.

Rachitis.

Angio-leucite.

LÉSIONS ACCIDENTELLES ET MALADIES NON CLASSÉES.

Entorse.

Fausse ankylose.

Fracture du Fémur.

— du Tibia.

— de l'Humérus.

Rétraction des tendons par suite de Myosite.

Rétraction des tendons , par suite de brûlure.

Rétraction des tendons par suite d'érysi-
pèle.

Stérilité, suite de la faiblesse des organes
qui composent l'appareil utérin.

Fistules, suite de carie, plaies d'armes à
feu, dépôts phlegmoneux et autres.

Incontinence d'urine des enfans au lit.

Concrétions lithoïdes ou graviers dans la
vessie.

CHAPITRE III.

DE L'ÉTABLISSEMENT THERMAL.

§ 1er

HISTORIQUE DE L'ÉTABLISSEMENT THERMAL JUSQU'EN 1815.

L'établissement thermal d'Aix-en-Savoie ne consistait primitivement que dans la grotte existante encore aujourd'hui à la source de l'eau de Soufre ; cette grotte était partagée en deux par une muraille destinée à séparer les malades des deux sexes qui se rendaient à Aix annuellement en assez petit nombre.

En 1780, le roi Victor Amé III chargea le Cᵉ Nicolis de ROBILANT, qui déjà avait visité, par son ordre, les bains les plus célèbres de France, d'Italie et d'Allemagne, de construire un établissement plus convenable, et ce fut d'après les dessins de cet habile ingénieur que s'éleva le grand édifice auquel on donne maintenant le nom de BATIMENT ROYAL.

L'emplacement

L'emplacement sur lequel il fut construit était occupé par une maison, au centre de laquelle l'eau, sortant de la grotte, formait une petite piscine où se baignaient les pauvres. En creusant les fondations, on trouva des restes considérables de thermes romains, et au dessous de ceux-ci d'autres bains dont l'origine est incertaine. Les atterrissemens qui couvraient ces décombres ne permettent pas de douter que le sol n'ait été considérablement exhaussé, soit par le débordement d'un torrent qui passait autrefois dans la Ville, soit par les incendies et les catastrophes du moyen âge, qui transformèrent ces thermes en un amas de ruines.

Le *bâtiment royal*, tel qu'il fut achevé en 1783, contenait deux divisions, l'une pour les hommes, l'autre pour les femmes, composées chacune de deux cabinets de douche et d'une étuve appelée *bouillon*. Il renfermait en outre deux cabinets souterrains pour les pauvres, et une division spécialement réservée à nos Princes.

Quatre ans plus tard, le Gouvernement jugea nécessaire d'y établir un médecin directeur des Eaux; mon aïeul * eut l'honneur d'occuper le

* Joseph Despine, médecin honoraire du Roi et de la Famille Royale, membre des Académies de Turin, de Lyon, d'Edimbourg. Il fut chargé par le Gouvernement d'introduire dans les Etats l'inoculation qu'il avait étudiée en Angleterre et en France. Nommé Médecin Directeur des Eaux d'Aix, en 1787 ;

I

premier cet emploi et d'y donner, en cette qualité , ses soins à plusieurs membres de la Famille Royale.

Jusqu'à la Révolution de France de 1789,
le nombre des étrangers venant aux Bains
ne dépassait pas cinq à six cents; mais alors
beaucoup de familles distinguées ayant émigré,
Aix devint momentanément le rendez-vous
d'une grande quantité de personnages marquans.

Les troubles qui accompagnèrent le commencement de l'occupation de la Savoie, en 1792,
par l'armée française, amenèrent une diminu-
tion sensible dans le concours des baigneurs ; il
reprit ensuite progressivement pendant le Di-
rectoire, le Consulat et l'Empire ; sous ce dernier Gouvernement, le nombre des malades
s'éleva jusqu'à douze cents.

La famille Bonaparte montra une prédilection particulière pour ces Eaux, et successivement Josephine, Mme Mère, la princesse Bor-
ghèse, la reine Hortense et plus tard, S. A. I.
Marie-Louise, vinrent en éprouver les effets salutaires.

par S. M. Victor-Amédée III, il n'a cessé pendant 45 ans d'y
venir donner ses soins aux malades, et a terminé son hono-
rable et longue carrière en 1830, à l'âge de 95 ans. Il a été
remplacé par mon père Ch. H. Ant. Despine, membre des Sociétés académiques de Turin, de Montpellier, d'Amsterdam,
de Louvain, de Savoie et d'Arras, qui remplissait déjà, depuis
1815, les fonctions de Médecin Directeur-adjoint.

Pendant qu'Aix trouvait dans son sein des moyens croissans de prospérité et de bonheur, d'autres circonstances contribuaient encore à en activer le développement. Ainsi les nouvelles routes du *M.-Cenis*, du *Simplon*, des *Echelles*, établissaient des relations plus faciles entre les peuples de l'un et l'autre côté des Alpes. Le transport avantageux des marchandises par le lac du Bourget, le canal de Savière et le Rhône formait l'objet d'entreprises commerciales florissantes et actives. Enfin la grande route militaire de Paris en Italie, dont le tracé était fait, devait, après avoir longé la rive orientale du Lac, traverser cette Ville, ainsi que toute la vallée.

Ces différentes circonstances, et surtout la réputation croissante des Eaux d'Aix, déterminèrent le Gouvernement à adopter en 1812 un plan magnifique pour l'embellissement de la Ville et des Thermes. Plus d'un million de fr. était bilancé à cet effet; mais les désastres de Moscou et l'invasion du territoire par les Alliés en empêchèrent l'exécution.

Par le traité de Paris, en 1814, la France conserva une portion du Duché, dans lequel la ville d'Aix se trouvait comprise : mais le traité de Vienne le remit tout entier sous l'autorité paternelle de la Maison de Savoie.

L'Administration française fesait gérer l'éta-

2

blissement par un Fermier auquel il était, en outre, alloué un droit de 20 centimes sur les bains pris à domicile. Ce fermier payait par contre une somme annuelle de 3000 francs qui se versait dans la caisse des Hospices de Chambéri, après en avoir prélevé le traitement de 1000 f. assigné au Médecin-inspecteur des Eaux.[*] Aussi, sauf les réparations indispensables à l'entretien des bâtimens, les seules améliorations faites pendant les 25 années de domination française, se bornèrent à l'érection d'une fontaine extérieure sur la façade principale, et à la construction de deux cabinets de douches, dans le Quartier des Princes. Un Hôpital militaire avait été créé dans la Ville pour le service de l'armée des Alpes ; la dislocation de ce corps le fit supprimer. Il n'en fut pas de même de la fondation faite en 1813 par la Reine Hortense pour un Hospice des pauvres, fondation qui fut confiée aux *Sœurs de St.-Joseph* et qui subsiste encore aujourd'hui.

[*] M. le Dr DESMAISON de Chambéri, a occupé cet emploi pendant tout le temps qu'a duré l'administration française. Il est mort en 1832, justement regretté de ses collègues et de tous ceux qui l'ont connu.

§ 2me

HISTORIQUE DE L'ÉTABLISSEMENT
DEPUIS LA RESTAURATION.

————◆————

Avec des moyens pécuniaires bien inférieurs à ceux de l'Empire, la restauration donna néanmoins une impulsion nouvelle aux vues de perfectionnement, et, chaque année vit se réaliser des améliorations importantes, tant au dehors qu'au dedans de l'Etablissement thermal. Pour ne pas fatiguer le lecteur par des détails trop étendus, je me bornerai à en indiquer le sommaire.

1816—Séjour du Roi Victor-Emmanuel en Savoie et à Aix. Réparation générale des Bains, douches et étuves; on y consacre 12,000 francs. Le fermage est aboli. La mendicité est bannie de la Ville et de son territoire, pendant toute la saison des Eaux.

1817—Création d'une Commission administrative économique des Bains, par délégation de M. l'Intendant-général du Duché. Tous les revenus de l'Etablissement sont abandonnés, par les Royales Finances pour être employés à des améliorations.

1818—L'Etablissement se libère des dettes

antérieures. Constructions nouvelles près la source d'Alun pour pouvoir y administrer des bains de vapeurs, des douches locales et des boues minérales. Douche à forte percussion dans le grand édifice. Introduction de plusieurs nouveaux appareils.

1819—Remplacement de tous les conduits servant à la distribution des eaux. Emploi de tuyaux de plomb, de forme cylindrique, fermés hermétiquement sur toute leur longueur et terminés par des robinets à clef ; ce système permet de diriger les eaux à volonté, sans infiltration dans les massifs, ni perte de principes médicamenteux.

1820—Subsides accordés par le Gouvernement, sous le ministère de S. E. le Comte de Balbe, pour les travaux à faire l'année suivante. La sévérité des Douanes est mitigée par ordre du Roi, en faveur des étrangers qui se rendent à Aix. La Commission administrative imprime pour la première fois la liste des étrangers venus aux Bains.

1821—L'Etablissement provisoire construit près de la source d'Alun menaçant ruine, une portion de cette source est amenée dans le grand Bâtiment, et l'on administre dans la Division des Princes les deux espèces d'eaux thermales.

1822—Recherches curieuses du Chevalier de Gimbernat sur l'azote contenu dans les eaux,

Introduction dans l'établissement des bains de pluie ou douche écossaise, pour le traitement de différentes affections nerveuses.

1823—Régularisation du service gratuit et du service de bienfaisance.

1824—Création du Cercle ou *Casino*, et d'un Bureau de renseignement pour les étrangers. Logemens à prix fixe pour les pauvres. Visite de nos Souverains.

1825—Adoption d'un costume uniforme pour les employés de l'Etablissement royal. Organisation d'une caisse d'épargne et de secours en leur faveur.

1826—Nouvelle visite de LL. MM. accompagnées de la Famille d'Orléans. Restauration d'Haute-Combe. Les perfectionnemens dans les méthodes thérapeutiques, et dans les appareils permettent d'étendre l'usage des Eaux d'Aix à une infinité de maladies, pour lesquelles on ne les employait pas auparavant : la goutte, la gastrite chronique, la syphilis, les affections nerveuses, etc.

1827 — Réparations diverses. Restauration des machines; perfectionnemens des ajutages et mécaniques.

1828—Nouveau voyage de nos Souverains en Savoie. Sir W. Haldimand jette les premiers fondemens de sa maison hospitalière pour les pauvres étrangers malades, sans distinction d'opi-

ñions, de pays et de croyances. * Plusieurs places gratuites sont fondées par S. M. CHARLES-
FÉLIX, dans le même hospice, pour les pauvres
de ses Etats.

1829 — On commence la construction de
nouveaux thermes dans l'emplacement appelé
la *Cour des Princes*.

1830 — La révolution de juillet amène une crise fâcheuse pour Aix. Plus de 600 baigneurs le
quittent en 8 jours. Cependant les travaux
commencés se continuent. Les édifices et les
promenades publiques s'améliorent. La fontaine d'HYGIE s'achève. Recherches chimiques et
scientifiques sur les Eaux par les Dᵣˢ Daubény,
Griffa, Cantù, etc.

1832 — L'ébranlement politique de l'Europe
influe sur le concours des étrangers qui ne dépasse pas deux mille. Les dépenses causées par les

---

* L'hospice Haldimand se compose de 16 lits, où les malades
peuvent se renouveler 4 fois pendant la saison des Eaux. La
pension y est d'un franc par jour *tout compris*. Le vin seul se
fournit et se paie à part. Cette maison s'ouvre chaque année le
1 juin et se ferme le 30 septembre. Le dépôt à faire par le
malade est de 30 francs : il a lieu en arrivant, entre les mains
du Caissier de la Maison qui fait le *décompte* à la sortie. L'ex-
cédant est rendu aux personnes qui ont opéré le versement, ou
à leur délégué.

Pour être admis dans cette maison hospitalière, il suffit au
malade d'être porteur d'un certificat d'indigence et de bonnes
vie et mœurs, délivré par les Autorités civiles et religieuses du
lieu de son domicile

nouvelles

nouvelles constructions nécessitent, de la part de la caisse de l'Etablissement, un emprunt qui est immédiatement rempli. S. M. CHARLES-ALBERT, peu après son avènement au Trône, permet que son nom soit donné aux nouveaux bains.

1832 — Ouverture des THERMES-ALBERTINS. *Grande Piscine; Vaporarium.* Introduction des baignoires en zinc. Le service des douches *écossaises* et *mitigées* est rendu plus facile et plus sûr, par l'augmentation des courans d'eau, destinés à les alimenter.

1833—Renouvellement de la Commission administrative des Bains. Brevets définitifs donnés aux employés de l'Etablissement. La Reine Hortense réunit à la maison hospitalière d'Aix sa fondation de 10 lits gratuits pour les pauvres. Organisation définitive du Conseil d'Administration de cet Hospice.

Je ne puis mieux terminer ce sommaire qu'en présentant dans le Tableau suivant le résumé des bains et des douches, de différente nature, administrés dans l'Etablissement thermal, depuis 1816 jusqu'en 1833. On y verra la progression rapide avec laquelle leur nombre s'est accru chaque année.

J'y ai joint l'état des recettes et des dépenses, extrait des Registres du Caissier. Les recettes

K

sont le produit des billets de bains de toute espèce. Les dépenses d'Administration comprennent le traitement du Médecin-Directeur, et le salaire des employés, celles d'entretien et les réparations annuelles qu'exigent la conservation des bâtimens et le renouvellement des appareils. Elles s'élèvent moyennement de 2,500 à 3,000 livres n. ; en sorte que pour la série de 18 années, elles forment un total de 50,000 livres environ, lequel, déduit des 130,306,13, formant le produit de l'Etablissement pendant ce même temps, les frais d'Administration payés, donne pour les dépenses d'améliorations fai-

	Liv. n.
tes à l'établissement primitif	80,306,13
Si on ajoute à cette somme la construction des Thermes-Albertins,	71,217,75
Le Don du Roi Victor-Emmanuel,	10,000,00
La Construction faite par le Roi Victor-Amé III,	360,000,00
On obtient le chiffre	521,523,87

qui représente les sacrifices faits par l'Etat pour les Bains actuels. Il en est dédommagé par un plus grand concours d'étrangers qui produit annuellement une importation de quatre à cinq cent mille livres.

TABLEAU

DES DOUCHES , DES BAINS ET DES RECETTES ET DÉPENSES DE L'ÉTABLISSEMENT THERMAL D'AIX , PENDANT LA SÉRIE DES ANNÉES 1816 À 1833.

NATURE DES BAINS.	1816	1817	1818	1819	1820	1821	1822	1823	1824	1825	1826	1827	1828	1829	1830	1831	1832	1833
Douche, doucheurs et porteurs.	6612	6921	8654	9716	9115	9915	8521	8886	9409	11824	16341	12745	13104	14111	15886	12183	12484	16041
Douche avec doucheurs sans porteurs.	6612	612	822	959	795	709	516	557	664	593	591	615	740	647	554	573	814	860
Douche et port. sans doucheurs.	555	654	871	1053	810	573	551	467	948	383	436	554	569	499	722	418	588	441
Douches locales.	897	1294	1857	1775	1759	1215	937	788	1094	1058	1122	1485	1635	1598	1547	1356	954	758
Vapeur avec douche doucheurs et port.	522	103	507	244	159	170	116	129	116	157	178	120	191	103	88	67	15	4
Piscine et Vaporarium.	»	»	»	»	»	»	»	»	»	»	»	»	»	»	»	»	1080	2257
Thermes Berthollet.	»	»	»	»	»	»	»	315	417	557	517	488	1173	1148	401	287	245	175
Bains domestiques.	»	»	»	»	»	»	»	»	»	»	»	1173	1148	1079	1096	1164	1624	
Service de bienfaisance.	502	285	480	522	371	642	699	650	617	836	723	846	1620	1715	1124	1193	1572	2113
Douches gratuites.	177	254	863	1122	1726	1263	1478	1350	1513	1884	1221	1612	1220	1580	2480	2860	2160	2520
Douches militaires.	192	251	178	564	552	615	659	599	650	618	574	595	600	700	740	2000	1280	1460
Bains des chevaux.	55	114	122	213	102	260	243	122	92	105	110	145	122	102	74	119	49	50
TOTAL.	9822	10488	13501	15946	15337	15562	13720	13844	15520	18015	21813	19192	21342	22588	24695	21952	22415	28303
Recettes brutes de la Caisse.	379167,50	11379,85	13138,20	17105,90	18589,40	17024,60	17977,50	15198,10	16026,40	17105,30	21080,55	20367,40	21301,40	26965,55	31589,60	27715,45	23159,45	28312,60	35430,33
Dépenses d'Administration.	245861,37	6879,85	8638,20	10844,31	12557,35	11777,94	12504,45	10913,80	11556,40	11909,68	14741,47	13820,52	14787,94	17384,05	19598,94	17439,50	15433,98	17042,29	21228,60
Dépenses d'Entretien et d'Améliorations.	133306,13	4400 »	4500 »	6201,69	5831,85	5246,66	5473,05	4284,40	4470 »	5195,52	6359,08	6546,89	6513,46	9581,50	12190,66	10275,95	7723,47	11270,31	14201,63
TOTAL DES DÉPENSES.	379167,50	11279,85	13138,20	17105,90	18589,4	17024,60	17977,50	15198,10	16026,40	17105,30	21080,55	20367,40	21301,40	26965,55	31589,60	27715,45	23159,45	28312,60	35430,33

§ 3me

DESCRIPTION DE L'ÉTABLISSEMENT.

Les eaux thermales sont administrées à Aix dans deux établissemens distincts, l'un appelé ETABLISSEMENT ROYAL OU GRAND BATIMENT, dans lequel arrivent les deux sources ; l'autre appelé THERMES BERTHOLET qui n'est alimenté que par les eaux d'Alun. Nous allons les examiner successivement, en engageant le lecteur à s'aider du plan qui se trouve à la fin de cet ouvrage.

ÉTABLISSEMENT ROYAL.

Cet édifice est construit avec élégance et distribué d'une manière avantageuse. Il est adossé à la colline dans l'endroit même où jaillit l'eau de Soufre. La façade est ornée de quatre colonnes d'Ordre ïonique, avec un fronton, au bas duquel on lit l'inscription suivante :

VICTOR AMEDEUS III REX
PIUS FELIX AUGUSTUS P.P.
HASCE THERMALES AQUAS
A ROMANIS OLIM E MONTIBUS DERIVATAS
AMPLIATIS OPERIBUS
IN NOVAM MELIOREMQUE FORMAM REDIGI JUSSIT
APTIS AD ÆGRORUM USUM ÆDIFICIIS
PUBLICA SALUTIS GRATIA EXTRUCTIS.
AN. MDCCLXXXIII.

Indépendamment des vastes réservoirs, cours, terrasses, corridors, portiques, salles d'attente, etc., trente-six pièces, dont les dimensions varient avec l'espèce de bain auquel elles sont destinées, composent la totalité de l'édifice qui forme quatre Divisions.

Division centrale. La première, ou Division CENTRALE, se présente en entrant par la porte principale. Elle offre un péristyle vaste et commode, aux extrémités duquel se trouvent d'un côté le salon d'attente proprement dit, et de l'autre, le cabinet du Médecin-Directeur. En avant, on voit la loge de l'Econome et celle du Contrôleur des Bains. Au milieu, est une cour en forme de croissant, autour de laquelle se trouvent provisoirement établis les six cabinets de bains domestiques. Chacun d'eux contient une baignoire en zinc, semblable pour la forme à celles dont on fait généralement usage à Paris. Chaque baignoire est alimentée par un filet d'eau de Soufre, par un autre d'Alun, enfin par un troisième d'eau commune froide. De chaque côté de cette division, deux salles placées symétriquement, servent *aux pas perdus* et à la boisson des eaux; elles sont ornées de fontaines des deux sources, et correspondent, en quelque sorte, au *Pumproom* des Anglais.

La cour est environnée par un corridor demi-circulaire, dans lequel se trouve une douche, appelée *petite locale*. Le mur d'enceinte est percé de différentes ouvertures : l'une d'elles mène à la source de l'eau de Soufre ; les autres donnent entrée à quatre cabinets de douches , dont deux sont destinés aux femmes et deux aux hommes. Ces derniers renferment chacun une *guérite*, espèce de boîte fumigatoire de six pieds de hauteur sur deux pieds carrés à la base. La face antérieure de cette boîte est fermée par un rideau de toile qui porte à sa partie moyenne une ouverture longitudinale, destinée à passer la tête à volonté. Le malade peut y être assis et recevoir une douche locale sur les extrémités inférieures, en même temps que le reste du corps est plongé dans la vapeur.

On trouve encore , dans la même Division , deux autres pièces qui servent de bain d'immersion ou d'étuve, et au sortir desquels on peut passer à la douche, et *vice-versâ ;* elles ont reçu le nom de *Bouillons* , parce que l'eau , arrivant avec violence par le fond du bassin, paraît bouillonner à sa surface. Chacune de ces pièces se compose d'un réservoir de deux pieds et demi de profondeur, dans lequel on descend par une rampe de trois marches. A un demi-pied de la surface de l'eau, a été posée une grille en bois, bien assujettie, entourée de banquettes , pour les malades qui prennent le bain de vapeur. Au fond du cabinet et vis-à-vis la porte d'entrée , à trois pieds au-dessus de la grille , est un robinet qui fournit un filet d'eau de Soufre que l'on dirige quelquefois sur le siége du mal , dans les affections locales.

Division des Princes.

Pour passer de la première Division dans la deuxième dite des PRINCES, il faut traverser une grande salle d'attente qui sert aussi d'entrepôt pour les chaises à porteurs ; on y trouve une fontaine d'eau froide. Deux inscriptions rappellent le souvenir des visites faites dans cet Etablissement, en 1816 par le roi Victor-Emmanuel et le duc d'Angoulème , et en 1824 par S. M. Charles-Felix et S. A. R. la Duchesse de Chablais.

Cette Division, dans laquelle on arrive par un corridor bien éclairé, se compose de trois cabinets de douches qui sont les plus commodes et les mieux aérés de l'édifice (*Pl.* VI).

Les cabinets N° 1 et N° 3 sont spacieux et à peu près de mêmes dimensions ; ils renferment plusieurs appareils thérapeutiques remarquables qui ne se trouvent pas ailleurs. On compte dans l'un et l'autre trois robinets d'eau d'Alun , autant de celle de Soufre , et deux autres d'eau froide destinée aux douches *écossaises* et aux douches *mitigées*. Cet arrangement permet d'y administrer toute espèce de douches , quelque

Douches dites des Princes.

compliqué que soit leur mode d'application. Sur l'une des faces du mur, est une poignée en bois, placée en forme de curseur, qui sert à retenir le malade, dans le cas où, ne pouvant s'appuyer sur le talon, il a besoin d'être soutenu, pour recevoir la douche sur le tendon d'Achille et sur les régions environnantes.

Le cabinet N° 2, est situé entre les deux qui précèdent : quoique moins grand, il jouit de la plupart de leurs avantages et contient, de plus, un jet fixe ascendant pour les douches qui doivent être dirigées vers le cou, le menton, le nez ou les oreilles.

La troisième Division a été nommée Division d'ENFER, à cause de sa situation souterraine et de sa haute température. On y descend par une rampe de seize marches. Son vestibule donne entrée à quatre cabinets. Les deux premiers sont destinés aux douches avec étuve. Un rideau, placé à l'intérieur, sert à écarter les courans d'air et rend la localité plus décente. Deux jets assez forts viennent se briser avec violence contre le sol et répandent des tourbillons de vapeurs. Une banquette en bois règne tout autour pour la commodité de ceux qui prennent l'étuve.

Le médecin du prince Potemkin, voulant imiter les bains gradués de vapeurs usités en

Division d'Enfer.

Russie, fit établir, il y a péu d'années, dans ces cabinets, des gradins placés sur un échaffaudage en bois ; c'est ce qui leur a fait donner quelquefois le nom *d'Etuves Russes*. L'utilité de cet appareil n'ayant pas été bien constatée, on l'a remplacé par des siéges dont l'élévation varie et qui ont l'avantage de permettre, pendant l'étuve, l'immersion des pieds dans l'eau thermale.

Le N° 3, appelé *Douche verticale*, est plus aéré et moins chaud que les deux précédens. Il a reçu cette dénomination, parce que le malade y est soumis à l'action d'une colonne d'eau qui tombe verticalement et qui a douze pieds de chute. On se propose d'établir dans le même local, un appareil pour les bains de pluie et d'y faire arriver une colonne d'eau d'Alun, qui aura 36 pieds d'élévation.

Il existe encore dans cette partie de l'édifice une douche locale, N° 4, située sous l'escalier déjà décrit, et une porte qui, communiquant au dehors, facilite le service dans les momens de grande affluence.

Thermes - Albertins.

La quatrième Division est appelée THERMES-ALBERTINS, parce que S. M. Charles–Albert a bien voulu lui donner son nom. Elle est contiguë à la division des Princes et communique à l'extérieur par une porte qui lui est propre.

Cette

PISCINE DES THERMES ALBERTINS.

Cette section pourrait presque être considérée comme indépendante des trois autres.

Un long corridor la traverse toute entière et conduit à cinq cabinets de douches qui en occupent la partie la plus reculée. Le centre est consacré au *Vaporarium*, et à la droite de celui-ci, se trouve une *Naumachie* ou piscine destinée à l'exercice de la natation et aux bains tempérés *à grande eau*. On y trouve encore des vestiaires, une douche ascendante, des bains de boue et tous les accessoires nécessaires.

Les cinq cabinets de douche, dont nous venons de parler, sont un peu plus petits que ceux de l'ancien édifice, mais ils sont plus propres, mieux éclairés et à peu près semblables entre eux. Alimentés par des robinets d'eau froide et d'eau chaude, comme ceux de la Division DES PRINCES, ils sont principalement destinés aux douches mitigées que l'on peut, au besoin, terminer par un bain d'immersion.

Le *Vaporarium*, construit sur le modèle des bains d'Ischia, est une salle circulaire de quinze à seize pieds de diamètre, couronnée par un dôme vitré. Tout autour sont rangées des loges ou petits cabinets formant des étuves isolées, où le malade, assis sur un grillage et les pieds dans l'eau chaude, sans cesse renouvelée, reçoit les vapeurs qui se répandent dans l'atmosphère am-

Vaporarium.

L

biante. Deux de ces cabinets réunissent en outre l'avantage de pouvoir servir à volonté aux douches locales et aux étuves, et permettent d'administrer au malade des bains d'irrigation, après qu'il a subi l'action de la vapeur et *vice-versâ*. On peut voir, d'après ce qui précède, qu'on a mis à profit, pour la construction de cette pièce, ce principe que Vitruve appliquait au *Laconicum* des Romains : « il faut, dit-il, que les ap-
» partemens où l'on administre la vapeur soient
» de forme ronde, afin qu'après avoir tourné
» sur tous les points de la circonférence, elle
» reflue au centre et l'échauffe également. »

Cette élégante rotonde est aérée par des espèces de *Vas-is-tas*. Elle a pour objet de procurer aux malades, sans déranger le service des douches, un emplacement spécial, où ils puissent respirer une vapeur douce, même des heures entières, sans être incommodés. C'est à cet effet que le Vaporarium a été placé au centre des nouveaux thermes et à portée de toutes leurs dépendances. Il est alimenté par le trop plein des sources de Soufre et d'Alun.

Piscine.

La *Piscine*, dont le plan est un parallélogramme est une grande pièce éclairée par le haut. A chaque extrémité, se trouvent des vestiaires. Deux rampes, dont chacune a cinq marches, servent à y descendre, et tout autour règne une banquette de pierre, sur laquelle les malades passent, dans quelques circonstances, une grande partie de la journée, comme aux bains de Louëch, de Pfeffers, de Baden, etc. Son usage spécial est néanmoins de servir à l'exercice de la nage, à l'instar de la pièce que les Romains nommaient, dans leurs Thermes, *Natatio*, *Piscina*.

Toute cette Division est couverte par une terrasse en dalles, environnée de balustrades. Dans la partie orientale de cette plate-forme, est situé un vaste corps de logis qui n'a pas encore reçu de destination. Un architecte distingué de Paris a proposé d'y établir une piscine suspendue, ce qu'on obtiendrait en revêtant les murs de *Pouzzolane* ou de lames de plomb.

THERMES BERTHOLLET.

Ces Thermes forment la cinquième Division de l'Etablissement; division qui a été ainsi appelée du nom du savant illustre dont la Savoie a été le berceau, et que la mort enleva aux sciences, l'année où ces bains reçurent de grandes améliorations. Ils sont alimentés exclusivement par la source d'*Alun* et se composent de trois parties distinctes, savoir :

1° D'un vaste cabinet voûté, construit en 1678, destiné aux douches locales et aux étuves gratuites,

2° D'un appartement divisé en plusieurs loges ou cabinets secondaires, situés au-dessus de la pièce précédente et spécialement destinés aux douches locales de vapeur. On y trouve aussi les appareils propres à leur application en douches générales, dans une foule de circonstances où leur chaleur de 3o à 32°R. les rend extrêmement utiles. Plusieurs de ces appareils sont de fer blanc, ou de treillis en bois, sur lesquels on ajuste des draps et des couvertures de laine, au moyen desquels on peut administrer des bains de vapeur par encaissement. (*Voyez Pl.* VIII. *fig.* 38.)

3° D'un grand bassin nommé *Bain Royal*, qui était autrefois une naumachie où la jeunesse d'Aix se baignait publiquement et s'exerçait à la nage. Aujourd'hui ce bassin est divisé en plusieurs compartimens dont un sert à doucher et à baigner les chevaux, tandis que les autres sont employés aux bains des pauvres, et à ceux de l'Hôpital. Mais cette belle pièce d'eau ne tardera pas à subir divers changemens dans sa distribution. On se propose de recouvrir tout l'espace qu'occupe le Bain royal par une terrasse sous laquelle seront établies, une vaste piscine pour la natation et de nouvelles pièces de bains destinées aux militaires et aux indigens.

§ 4ᵐᵉ

ADMINISTRATION ÉCONOMIQUE DES BAINS.

Tout ce qui concerne l'Administration économique de l'Etablissement royal des Bains
d'Aix-en-Savoie, peut se rapporter à trois
Chefs principaux : —

1° L'Administration proprement dite ;

2° Les Employés et leurs attributions ;

3° La Police du Service des Eaux qui comprend le Service de bienfaisance et le Service
gratuit.

Le chef de l'Administration est l'Intendant-
général du Duché de Savoie, sous l'autorité
de la royale Secrétairerie d'Etat pour les Affai-
res Internes. Il en fut spécialement chargé par
le Règlement de 1787, et jusqu'à l'invasion
française, cet administrateur et le Médecin-
Directeur des Eaux réglaient tout ce qui
tenait au service de cet établissement ; le premier, sous le rapport financier et sous celui
du personnel des Employés et de leur nomination ; le second, sous les rapports sanitaires
et thérapeutiques.

Sous le Gouvernement français, l'Adminis-

Administration.

3

tration économique des Bains fut d'abord confiée à la Commune d'Aix : mais sous le Consulat et l'Empire, elle fit partie des attributions du Préfet du Département du Mont-Blanc. Les Eaux d'Aix furent placées au nombre des Eaux minérales de 1re classe et soumises au système de fermage adopté pour tous les Etablissemens du même genre.

Après la restauration, le Règlement de 1787 fut remis en vigueur et le Gouvernement abandonna les revenus des Bains à l'Etablissement pour le compléter. L'Intendant-général du Duché, ne pouvant s'en occuper constamment sur les lieux, ni entrer dans les détails minutieux qu'exigeait le service d'un édifice thermal aussi considérable, délégua une partie de ses pouvoirs à une Commission, soit Conseil d'Administration, composé de membres nommés par lui, et le chargea de pourvoir, avec le Médecin des Eaux, à toutes les améliorations qui seraient jugées nécessaires.

La 1re Commission administrative fut nommée le 15 février 1817. Ses attributions s'étendent sur tout le service économique intérieur. Elle surveille, récompense et punit les Employés, présente la liste de ceux qu'elle propose à des places vacantes, fait observer les règlemens, reçoit les plaintes des étrangers et y fait droit. Elle vérifie les comptes de recettes et

dépenses, les titres d'admission au service de
bienfaisance et au service gratuit des Eaux, et
s'occupe en général de tout ce qui peut augmenter les ressources de l'Etablissement, en les
mettant en harmonie avec l'intérêt des malades
et les besoins de la localité. Toutes ses opérations
sont soumises à l'Intendant-général qui vient
quelquefois présider lui-même à ses séances.

Les membres de cette Commission administrative sont au nombre de sept. Trois en font
partie de droit: Le Curé comme régulateur
des bonnes mœurs; le Syndic comme chargé, par sa position, des intérêts de tous ses
administrés; le Médecin-Directeur de l'Etablissement comme étant plus spécialement chargé
de la conservation des eaux. Les quatre
autres membres sont choisis dans le nombre des
habitans les plus recommandables d'Aix, par
Mr l'Intendant-général qui nomme aussi le
Président de la Commission.

Le Médecin des Eaux est de nomination Royale et porte le titre de *Médecin-Directeur de
l'Etablissement royal des Bains*; ses fonctions
sont les mêmes que celles des *Médecins-Ins-
pecteurs des Eaux* en France. Il est spécialement chargé de tout ce qui regarde l'application sanitaire des eaux, la conservation des
sources et l'étude de leurs principes. Il exa-
mine les aspirans aux places de doucheurs,

doucheuses et porteurs; il leur donne les instructions nécessaires pour remplir leurs fonctions d'une manière satisfaisante, et assigne à chacun, selon sa capacité, le service qu'il peut remplir. Il vérifie les titres et les droits des malades au Service de bienfaisance et au Service gratuit. Il reçoit les plaintes des étrangers sur le service journalier. A la fin de chaque saison, il présente au Gouvernement un rapport médico-économique sur l'établissement thermal, et lui soumet ses vues d'amélioration et de perfectionnement. *

L'Administration des Bains a un *Secrétaire-caissier* chargé de toute la comptabilité, et chez lequel se fait la distribution des billets de bains. Il rend ses comptes à la Commission administrative qui les discute et les soumet ensuite à l'approbation de l'Intendant-général.

Employés. Le personnel des Employés se compose d'un

---

* Quoique le Médecin-Directeur soit spécialement chargé de l'inspection des eaux et de tout ce qui concerne le service économique de l'Etablissement, tout autre médecin peut donner ses soins aux malades qui les réclament, et suivre leur traitement dans les édifices consacrés à l'administration des eaux. Les médecins qui exercent habituellement à Aix, sont MM. Despine père, Médecin-Directeur, Vidal, Forestier, Dardel, et l'Auteur du présent Ouvrage.

Il y a en Ville trois pharmacies : celles de MM. Davat et Bocquin et celle des Sœurs de St.-Joseph.

Econome

Econome, d'un *Contrôleur*, de trois *Huissiers*, d'un *Concierge* et d'un certain nombre de *Dou-cheurs* et *Doucheuses*, *Porteurs*, *Sécheurs* et *Sé-cheuses*, enfin de *Coureurs* ou *Postillons*, dont le nombre est proportionné aux besoins du service.

1° Econome. Il reçoit sa nomination de l'In-tendant-général, ainsi que tous les autres Em-ployés subalternes.

L'Econome est spécialement chargé de veiller à la conservation des bâtimens et de tout le matériel. Il est de droit, le premier agent de la Police des Bains; tous les autres Employés lui sont subordonnés et doivent obéir immédiate-ment à ses ordres, pour ce qui regarde leur service. C'est lui qui, de concert avec le Méde-cin-Directeur, régle l'ordre journalier, soit pour l'ouverture et la clôture des Bains, soit pour la succession des malades à la douche. Il fait le ré-colement des billets de bains, les restitue au Caissier et donne, à chaque classe d'Employés, des bons collectifs, pour leur servir de pièces comptables. Il fixe les heures pour les bains et les douches insolites. Il tient la caisse des étren-nes données par les étrangers aux Doucheurs, Doucheuses et Porteurs, et la Caisse des amen-des qui sont infligées. Enfin, dans son bureau est un registre constamment ouvert, où cha-cun peut consigner les observations que lui suggèrent les circonstances.

M

2° CONTRÔLEUR. Les attributions du Contrôleur sont de retirer les billets de bains, et de
délivrer en échange des *Contre-marques*, qui
seules sont valables pour la comptabilité relative aux Doucheurs, Doucheuses et Porteurs,
à l'effet de prévenir tout abus. Il remplace
en outre l'Econome, en cas d'absence, pour
la Police intérieure du grand Bâtiment.

3° HUISSIERS. Ils sont au nombre de deux
dans le grand édifice des Bains. Un troisième
huissier est attaché à la division des Thermes-
Berthollet.

L'Econome leur assigne la surveillance journalière qu'ils doivent exercer, afin que le service ait lieu sans confusion ni désordre. A cet
effet, ils se rendent à leur poste une demi-heu-
re avant l'ouverture des Bains, et ont soin
qu'il n'y ait aucune interruption dans la succession des malades, et que chacun passe à
son tour. Ils sont tenus, sous leur responsa-
bilité, de prévenir le Médecin des Eaux et
l'Administrateur de service, de tous les man-
quemens que commettent les Employés de leur
Division, des abus qu'ils peuvent découvrir,
et doivent présenter, à la fin de chaque jour,
un rapport sommaire sur ce qui s'est passé dans
l'Etablissement.

4° CONCIERGE. Il appartient à la Maison du
Roi dont il porte la petite livrée. Il tient les

clefs de l'Etablissement et se trouve respon-
sable de tous les objets qu'il renferme.

5° DOUCHEURS et DOUCHEUSES. Ces Employés,
chargés d'administrer la douche aux malades
de chaque sexe, sont répartis dans les cabinets
de douches et de bains, selon le besoin et en
raison de leur force et de leur capacité. Dans
quelques-uns ils sont au nombre de deux ;
dans d'autres un seul suffit ; cependant l'étranger qui en désire un plus grand nombre peut
s'entendre à cet effet avec l'Econome. Ce cas
rentre dans la classe des Bains ou Douches *insolites* dont il sera parlé plus bas.

En cas d'urgence, tout Doucheur ou Doucheuse disponible doit prêter son ministère
et donner ses soins au malade qui le réclame.
Dans aucun cas il ne peut en solliciter de
bonne-main ou étrenne, sous peine de desti-
tution.

6° PORTEURS. Ils transportent les malades aux
bains et les reportent à leur domicile. Ils sont
aux ordres des Huissiers, de l'Econome, du
Médecin-Directeur des Eaux, et doivent leur
obéir incontinent et sans observation. Ils sont
d'ailleurs astreints, pour leur service, aux
mêmes règles que les Doucheurs et les Doucheuses pour le leur.

7° SÉCHEURS et SÉCHEUSES de l'Etablissement.
Ils font le service de valet de chambre ou de

domestique près de la Piscine, du Vaporarium et des bains tempérés. Leur salaire est
fixe, tandis que celui des Doucheurs et des
Porteurs est en raison de leur travail.

8° SÉCHEURS et SÉCHEUSES DES HOTELS. Ce
sont des domestiques de confiance spécialement
chargés, dans les hôtels, d'accompagner les
malades aux bains, et des soins domestiques
qui les concernent dans l'usage des eaux. Chaque année les Logeurs présentent à l'Econome
le nom des personnes qu'ils destinent à cette
fonction. Si la Commission administrative les
agrée, leurs noms sont inscrits sur un tableau
affiché dans un des points les plus apparens
du grand portique. Ils sont soumis au même
régime réglémentaire que les Employés de l'E-
tablissement, et sont personnellement res-
ponsables des billets de bains de la personne
qu'ils accompagnent. Ils ont un livret sur lequel l'étranger est prié d'écrire son nom d'une
manière très-lisible, afin d'éviter toute confusion de noms et de personnes.

9° COUREURS ou POSTILLONS. Ce sont de jeunes enfans chargés de transmettre promptement les ordres de l'Econome et des Huissiers,
soit dans l'Etablissement, soit au dehors, afin
d'éviter tout retard qui préjudicierait au service des douches,

Police des Bains. Le règlement de service où sont contenues

les principales dispositions de la Police intérieure des Bains, est affiché en forme de tableau à l'entrée du grand Edifice. On y trouve encore indiquées les heures de l'ouverture et de la clôture du Bâtiment, qui varient avec le nombre des bains à administrer, et la longueur du jour. Dans la plus grande affluence des étrangers, le service commence à 2 heures du matin, et souvent ne se termine qu'à 9 ou 10 heures du soir : mais à toute autre époque il commence avec l'aurore, et les Bâtimens sont fermés avant la nuit.

Le Service régulier qui comprend tous les bains et douches administrés de la manière ordinaire, commence avec le jour et se poursuit sans relâche jusqu'à ce qu'il soit terminé.

Le Service insolite comprend : les douches dites *insolites* et même les douches ordinaires administrées pendant le jour, lorsque le service régulier est fini.

On entend par douche insolite :

1° Toute douche locale administrée dans les cabinets destinés aux douches générales, ou dans des cabinets destinés à un sexe différent.

2° Toute douche sans Doucheur, Doucheuse ou Porteurs.

3° Toute douche étuve ou bain dont la durée excède 20 minutes.

4° Toute douche étuve ou bain qui exige

des appareils ou préparatifs longs et embarrassans.

5° Toute douche étuve ou bain qui demande plus d'employés que le nombre ordinaire.

6° Toute douche étuve ou bain qui occuperait, pour un seul malade, plusieurs cabinets en même temps.

· Les malades doivent s'entendre, dans chacun de ces cas , avec l'Econome, pour concilier leurs convenances avec ce qu'exige le service public et général des Bains.

Tant que le Bâtiment reste ouvert, bien que le service régulier soit fini, il s'y trouve constamment à la disposition des malades des Doucheurs, Doucheuses et Porteurs, ainsi qu'un Huissier de garde.

Comptabilité. La comptabilité des Bains est fort simple. Elle repose toute entière sur des cartes appelées *Billets de bain*, dont le prix varie avec l'espèce de bains qu'elles signalent , et le nombre d'Employés qu'ils exigent. Ces cartes sont prises chez le Caissier et payées comptant par le preneur. Si celui-ci ne les emploie pas toutes, pendant son séjour à Aix, le Caissier rembourse à présentation , celles qui lui sont rendues.

TARIF

DES BILLETS DE BAINS.

———◦●◦———

		F. c.
DIVISION DES PRINCES.	Douche avec Doucheurs et porteurs ,	2,00
	— avec Doucheurs sans port. ,	1,60
	— avec port. sans Doucheurs ,	1,55
	— sans Doucheurs ni port. ,	1,15
DIVISION DES THERMES-ALBER-TIAS.	Douche avec Doucheurs et port. ,	1,80
	— avec Doucheurs sans port. ,	1,40
	— avec port. sans Doucheurs ,	1,35
	— sans Doucheurs ni port. ,	0,95
DIVISION CENTRALE.	Douche avec Doucheurs et port. ,	1,50
	— avec Doucheurs sans port. ,	1,10
	— avec port. sans Doucheurs ,	1,05
	— sans Doucheurs ni port. ,	0,65
DIVISION D'ENFER.	DOUCHES AVEC OU SANS ÉTUVE·	
	— avec Doucheurs et port. ,	1,80
	— avec Doucheurs sans port. ,	1,40
	— avec port. sans Doucheurs,	1,35
	— sans Doucheurs ni port. ,	0,95
BAINS, VAPEURS, NATATION ET DOU-CHES DE VAPEURS.	Sans linge et sans port. ,	1,00
	Avec linge sans port. ,	1,25
	Avec port. et linge ,	1,65
	Avec port. sans linge ,	1,40
VAPEUR DU BOUILLON.	Vapeur , Douche, Doucheurs et port. ,	2,00
DOUCHE ASCENDANTE.	Proprement dite ,	0,25
GRAND-BASSIN.	Piscine ,	0,65
	Bain et douche pour cheval ,	0,25

Le Service de bienfaisance consiste dans la remise faite au malade de toute la portion du droit qui revient à l'Etablissement. Ainsi le baigneur qui en jouit, ne paye que la rétribution due aux Employés dont il réclame les soins, ce qui réduit le Tarif aux prix suivans :

Douche avec Doucheurs et Porteurs ,	0,85
— sans Porteurs ,	0,45
— . avec Port. , sans Doucheurs ,	0,40
Bain tempéré avec linge ,	0,75
— sans linge ,	0,50
Douche locale mitigée, dans la Division des Princes ,	0,50

La même remise est accordée aux habitans d'Aix, aux Médecins étrangers et aux personnes des deux sexes qui appartiennent à des corporations de charité ou hospitalières.

Le Service de bienfaisance a été établi pour les malades nationaux et étrangers qui, sans être dans un état d'indigence absolue, se trouveraient néanmoins entravés dans leur traitement, s'ils devaient payer l'intégralité des droits ordinaires. Ce sont principalement les ouvriers des pays manufacturiers qui en retirent le plus d'avantages.

Pour y être admis, il suffit d'en faire la demande à la Commission administrative, en y joignant un Certificat constatant l'état de gène du requérant, et la recommandation de quelques personnes respectables. Le malade

reçoit

reçoit du Médecin-Directeur des Eaux, une carte d'entrée, au moyen de laquelle le Caissier des Bains lui délivre les billets destinés à ce service. Cette carte est personnelle.

Ce service comprend non seulement l'usage gratuit des eaux, mais encore le service des Doucheurs, Doucheuses et Porteurs, quand le Médecin les juge nécessaires. Il a lieu dans des localités spéciales et, séparées du service payant. Tous les indigens des Etats de S. M. y ont droit. Le malade, pour y être admis, doit être porteur d'un certificat de bonnes vie et mœurs, constatant son état notoire de pauvreté ; ce certificat est délivré par les Autorités de son domicile, visé par l'Intendant de sa Province, et approuvé, *pour le service gratuit des Eaux*, par M. l'Intendant-Général du Duché de Savoie. Le malade doit, en outre, en arrivant à Aix, consigner entre les mains du Caissier des Bains, la somme de trente francs, reconnue indispensable pour ses frais d'entretien, pendant une cure de trois semaines à un mois.

Les pauvres étrangers sont admis à la même faveur, lorsqu'ils sont munis de bons Certificats, et que l'argent dont ils sont porteurs, est le produit de quêtes ou de dons gratuits faits

Service gratuit

par des établissemens de Charité ou des personnes bienfaisantes.

Dans tous les cas, les malades reçoivent, du
Médecin-Directeur, la carte d'entrée aux Bains
et les directions convenables pour la marche à
suivre dans leur traitement.

CHAPITRE IV.

DE L'USAGE DES EAUX THERMALES.

§ 1er

MANIÈRE D'ADMINISTRER LES EAUX.

Les divers modes d'administrer les eaux peuvent se réduire aux suivans : la *Boisson*, la *Douche*, le *Bain* et l'*Etuve*. Nous allons successivement parler de ces quatre manières d'en faire l'application au corps humain, telles qu'elles se pratiquent à Aix.

Ce sont les eaux de la source St.-Paul qu'on emploie principalement en boisson. Cette préférence leur est accordée sur celles de Soufre, parce qu'elles sont plus chaudes, moins pesantes à l'estomac et moins désagréables à boire. On les prend depuis une verrée de 8 à 10 onces, jusqu'à six, huit, dix et même douze verrées dans la journée. Ce traitement dure quinze à vingt jours ; il est rarement administré seul, c'est-à-dire, sans douche ni bain. Dans tous les cas, il convient

Boisson.

2

de les prendre le matin à jeun et près de la fontaine, afin d'éviter la déperdition des gaz et du
calorique. Lorsqu'on les laisse refroidir, leur
goût devient fade et nauséabond.

Pour faciliter le passage des Eaux, il est utile de se promener au grand air. Cette précaution, trop négligée sur le Continent, forme un
objet important de la thérapeutique anglaise.
J'en ai vu les plus heureux effets aux bains de
Bath, de Cheltnam et de Brighton. On peut encore y joindre l'exercice à cheval qui est généralement avantageux par la secousse légère qu'il
imprime à tous les organes sécréteurs.

L'intervalle qu'il faut laisser entre chaque
verre d'eau, varie selon la force digestive de l'appareil alimentaire. Quinze à vingt minutes suffisent généralement; mais on doit toujours attendre que la digestion du premier verre soit
faite avant d'en prendre un second et ainsi de
ceux qui suivent.

L'âge et l'idiosyncrasie du malade influent
tellement sur nos Eaux, qu'il n'est pas rare de
leur voir produire la constipation. Autrefois on
remédiait à cet inconvénient, en administrant
de temps à autre, quelques gros de sels neu-
tres; on y supplée aujourd'hui par des tablet-
tes de Vichi, des pilules laxatives, ou de la
limonade anglaise.

Une heure ou deux après avoir bu sa dernière verrée d'eau thermale, le malade fait un déjeûner léger, si les eaux ont tellement excité son appétit, qu'il ne puisse attendre le premier repas. Ce déjeûner consiste en un bouillon, du vin vieux du pays qu'on a soin d'édulcorer avec du sucre ou du sirop ; du vin de Malaga, dans lequel on trempe une mouillette ou un biscuit ; enfin, du chocolat ou du café.

Les eaux sont quelquefois coupées avec du lait, de l'eau de poulet ou de veau, des sirops béchiques ou rafraîchissans, lorsqu'elles déterminent de l'irritation, comme on le voit assez souvent dans l'asthme, le catarre chronique, la dyspepsie, etc.

Les cas où on les emploie spécialement en boisson sont la chlorose, la leucorrhée, le catarre vésical, les sables ou graviers de la vessie qu'il n'est pas rare de voir expulser, quoique assez volumineux, par le seul effet de la boisson des eaux ; certaines névroses de l'appareil digestif, la dyspepsie sans phlogose locale, l'ictère chronique, l'asthme, le catarre des vieillards, la phtisie pulmonaire à son début, la dysménorrhée, etc.

La douche, *affusio* des Romains, consiste à exposer une ou plusieurs parties du corps à la percussion d'une colonne d'eau, dont le diamètre varie selon le besoin, et qui, suivant la

Douche.

hauteur de sa chute, frappe avec plus ou moins de vitesse et de force. On y joint ordinairement l'immersion des pieds dans l'eau chaude : cette précaution est souvent indispensable pour détourner le sang de la tête et prévenir les conjestions cérébrales.

L'eau thermale alimente les douches par sa chute naturelle et sans être refroidie ni battue par le jeu d'une pompe. Elle est conduite dans les cabinets, au moyen de tuyaux de plomb, dont l'orifice est terminé par un robinet à clef. Des ajutages et des jets de divers calibres en modifient de mille manières la veine liquide, au moment de son application. Ici, c'est une nappe d'eau ; là, une gerbe de filets divergens ; quelquefois une multitude de jets se réunissant vers un même point ; plus loin, une pression de 25 à 30 pieds qui fait exercer à l'eau passant au travers de la pomme d'arrosoir, l'action d'une brosse vigoureuse, dont les effets pénètrent jusques dans les profondeurs de l'organisme.

Les ajutages variés dont on se sert à Aix, les tuyaux flexibles en cuir qui y sont adaptés permettent d'appliquer les douches à toutes les parties, à toutes les régions du corps, et d'en modifier l'effet, pour ainsi dire, à l'infini (*Voy. la pl.* 8).

La colonne d'eau peut se diriger verticale-

ment, horizontalement ou d'une manière oblique. Le plus souvent, elle agit de haut en bas ,
soit dans le sens de la force de gravitation :
d'autrefois cette colonne agit en remontant ;
c'est alors une douche ascendante, et on l'emploie de cette manière pour l'intérieur du nez ,
des oreilles , du rectum , etc.

L'on peut néanmoins rapporter toutes les
douches que l'on a coutume d'administrer à
Aix, aux douze ou quinze espèces suivantes.
D'après sa température, la douche est *chaude* ,
froide ou *mitigée*. D'après sa direction , elle est
verticale , *ascendante* ou *oblique*. D'après son application au corps et l'étendue de la région
qu'on y soumet, elle s'appelle *générale* ou *lo-*
cale; enfin , les eaux de *Soufre froides* et d'*Alun*
s'administrent *seules* ou *mélangées*, et dans tous
les cas , on peut en adoucir le choc ou le laisser avec toute sa force de pression. Dans ce
dernier cas, la douche prend le nom de *Grande*
Chûte.

Une des conditions essentielles pour pouvoir
retirer le plus grand effet d'une douche , c'est de
bien affermir la partie qu'on y soumet. Il faut
donc que cette partie soit appuyée et le corps
soutenu. Le malade y est généralement assis sur
une escabelle ou étendu sur un coussin de paille
ou de crin. Les paralytiques sont placés dans un
fauteuil adapté à leurs infirmités. Les person-

nes affectées de coxalgie et de maladies articulaires qui leur interdisent tout mouvement,
sont transportées sur des cadres en toile claire
ou canevas, au moyen desquels on peut administrer la douche au malade, le porter de
son domicile à l'Etablissement et le rapporter
ensuite, sans qu'il soit nécessaire pour cela de
le déplacer de cette sorte de litière.

La température de la douche varie suivant
les indications à remplir. Il en est de même
de sa durée : en général, elle est de 15 à 20 minutes. Pour les personnes sensibles et irritables, huit ou dix minutes suffisent et souvent
même c'est beaucoup trop. Les douches locales seules se prolongent indéfiniment : mais,
dans tout traitement méthodique, il faut marcher avec prudence et n'augmenter la douche
en durée et en force que graduellement.

L'effet de la douche peut encore être infiniment modifié par des moyens auxiliaires concomitans, tels que les frictions à la main ou
à la brosse, le massage, la flagellation, l'alternat avec le bain et des jours de repos.

L'action de la douche sur la surface cutanée, la réaction qui en résulte sur les divers
systêmes de l'économie, ainsi que les changemens amenés par irradiation dans les centres nerveux, doivent être, pour le médecin des
Eaux, un objet important de méditation. En

effet,

effet, si dans la douche ordinaire la peau s'anime, se colore ; si le réseau capillaire se dilate et s'épanouit ; si les houppes nerveuses du derme acquièrent une plus grande sensibilité qui se transmet aux organes sous-jacens ; si l'action des organes secrétoires et excrétoires en est augmentée ; si la circulation du sang est accélérée ; si enfin, tout cet ensemble de symptômes produit un véritable accès fébrile factice qui se termine par une sueur abondante : que ne peut-on pas attendre de ses effets thérapeutiques, soit pour éliminer du corps les principes morbifiques qui l'entachent, soit afin d'y produire des absorptions et des crises salutaires, pour lesquelles la nature toute seule se trouverait impuissante !

A Aix, le malade se présente à la douche avec son Sécheur qui a dû se munir du billet de Bain et du N° d'ordre. Quand son tour est arrivé, il entre, son Sécheur le déshabille et emporte ses vêtemens. Alors le malade est conduit dans le bassin par les Doucheurs (ou les Doucheuses, si c'est une femme); il se place sur l'escabeau ou la chaise qui lui convient, et recouvre ordinairement ses épaules d'une pièce de flanelle en forme de schall. Les Doucheurs dirigent d'abord leur *cornet* sur ses pieds, et lui font parcourir successivement les différentes parties du corps, en s'arrêtant, de préférence, aux

O

régions qu'il leur indique. Ils y joignent pres=
que toujours des frictions à la main ou à la
brosse : ils massent ensuite , pressent et *pétris-
sent* les muscles dans tous les sens : il font exécuter aux membres des mouvemens d'extension
et de flexion ; ils les secouent légèrement ; pui,
ils exercent , s'il est besoin , sur l'abdomen , des
frictions douces qui procurent une espèce de
ballottement aux organes qu'il renferme,et par
là en favorisent les secrétions et le jeu.

Le temps fixé par le Médecin étant écoulé ,
le malade sort de la douche ; on l'essuye avec des
serviettes , on l'enveloppe d'abord d'un drap, et
mieux encore d'une grande robe ou peignoir
de flanelle , puis d'une couverture en laine; on
lui passe des serviettes autour de la tête et des
pieds , et placé dans une chaise à porteur qu'on
ferme exactement , il est ainsi transporté jusque
dans son lit.

La sueur qui succède à la douche dure communément une heure ou deux. On la favorise
en prenant un bouillon très-chaud ou quelques
verres d'eau thermale. Le paroxisme fébrile
se dissipe graduellement ; bientôt un sommeil
agréable vient effacer la lassitude produite par
la douche et ramène , dans toute l'économie,
le calme et le bien-être.

Quant aux effets généraux produits par un
auxiliaire aussi puissant que les frictions et le

massage , nous ne pouvons en donner une meil-
leure idée qu'en reproduisant le passage relatif
aux Bains orientaux , inséré dans le Diction-
naire des Sciences médicales (*V.* 3 , *p.* 150).
« Tous les Auteurs s'accordent à dire que le massement joint aux Bains , détermine sur l'économie animale un changement accompagné des
plus agréables sensations, et dont difficilement
on se ferait une idée. La peau d'abord humec-
tée par l'eau ou la vapeur dans laquelle elle a
été plongée, devenue plus souple et plus flexi-
ble, ressent un bien-être qui donne à l'existence un charme tout nouveau; il semble qu'on
apprécie plus complétement le bonheur d'exister et que jusqu'alors on n'avait pas vécu. A la
fatigue que l'on éprouve, succède un sentiment
de légéreté qui rend propre à tous les exercices
du corps; les muscles , rendus à leur contrac-
tilité naturelle , agissent à la fois avec plus d'é-
nergie et de facilité. On croit que le sang coule
plus largement dans les vaisseaux qui le contiennent, les forces physiques éprouvent donc
des changemens salutaires : mais les fonctions
du cerveau qui sont si souvent modifiées par
celles-ci, présentent bientôt un surcroît d'activité remarquable; l'imagination se développe,
le tableau riant des plaisirs s'y retrace avec des
couleurs plus vives.... L'Européen, condam-
nant aveuglément les usages des autres peuples,

quand souvent il ne les connaît qu'imparfaitement, trouve, dans cette coutume asiatique,
un plaisir qui la lui fait bientôt adopter ; il
pousse quelquefois cette habitude jusqu'à l'excès, et les femmes de nos contrées, transportées
sous le ciel fortuné des Indes, ne passent pas
un seul jour, sans se faire masser par leurs es-
claves, et sacrifient des heures entières à cette
occupation. »

« Le massage, ajoute le Dʳ Rapou, agit di-
rectement sur les organes locomoteurs et même sur les viscères renfermés dans les grandes
cavités. Il favorise le cours du sang, l'absorp-
tion des fluides, la sécrétion de la synovie,
qu'il répartit également dans les articulations
et les gaines tendineuses. Par ses alternatives de
pression et de relâchement, et ses mouvemens
répétés, il facilite la contraction des muscles ;
prévient, dissipe les adhérences et les engorgemens articulaires ; il entretient les organes dans
l'exercice libre et régulier de leurs fonctions,
prolonge conséquemment la vie, ou la rend
plus agréable ; en éloignant les causes de maladies et d'infirmités. »

La douche générale avec ou sans massement
est employée d'une manière très-avantageuse
dans les paralysies et la myélite chronique ; dans
les obstructions viscérales et les engorgemens
lymphatiques, dans les affections rhumatisma-

les, les douleurs articulaires, les métastases gout-
teuses, menstruelles, hémorroïdales ou herpéti-
ques; dans la maladie de Pott, dans la gastrite
et l'entérite chronique; dans les maladies des
yeux et des oreilles, causées par le relâchement
et la faiblesse, et généralement dans l'impotence
des membres, suite de luxations, de fractures,
d'entorses, de tumeurs blanches, de spinite et
de fausse ankylose.

La douche ascendante n'est qu'une modification de celle que nous venons de décrire : elle
consiste, ainsi qu'on l'a dit, dans la direction
imprimée à la colonne d'eau qui remonte, sous
forme de jet ou de gerbe; sa force est proportionnée à la hauteur du réservoir et à la forme
de l'ajutage qui sert à la diriger. Cette douche
s'emploie pour déterger les abcès du périnée, pour
faire des injections utérines et vaginales, pour
les injections dans le nez, sous le jarret, sous
les aisselles, etc. Le malade, assis sur une
chaise convenablement disposée, peut facilement
diriger lui-même l'ajutage, soit d'une manière
immédiate, soit en s'en tenant à une petite
distance.

Un appareil spécial est établi dans un des cabinets du grand Bâtiment pour l'appliquer aux
yeux, au menton, aux narines et aux oreilles :

Douche as
dante.

on en a aussi de portatifs, qui peuvent servir dans toutes les pièces de l'Etablissement.

Cette douche, dont l'action est stimulante, résolutive et détersive, produit surtout d'heureux effets dans plusieurs affections de l'intestin *rectum*, dans son relâchement et celui des parties adjacentes ; dans la leucorrhée, la chlorose symptomatique, la suppression des règles, et des hémorroïdes ; la dysménorrhée et surtout dans les engorgemens du col de la matrice, où elle a presque toujours suffi pour dissiper les accidens qui semblaient faire craindre de graves affections organiques.

Douche Ecossaise. Nous appelons ainsi le bain froid, sous forme de pluie, c'est le *Shower-bath* des Anglais. Mon aïeul le D^r Jh. Despine, l'ayant vu employer avec succès en Ecosse dans les affections hypocondriaques, l'importa en Savoie, il y a 5o ou 6o ans, en lui donnant le nom de *Bain Anglais* ou *Ecossais*. Mon père l'introduisit en 1822 dans l'Etablissement thermal d'Aix, à l'occasion de diverses affections nerveuses qu'il traitait par la méthode perturbatrice, et dèslors cette espèce de bain a reçu chez nous de nombreux perfectionnemens qui en ont rendu l'emploi fréquent dans un assez grand nombre de maladies.

On use de la *Douche Ecossaise*, tantôt par

secousses vives et subites , lorsqu'on veut produire une révolution dans l'économie et une
perturbation dans le système nerveux ; tantôt
on s'en sert comme moyen propre à arrêter
l'effet énervant des sueurs trop abondantes ; tantôt encore comme un puissant tonique chez les
sujets lymphatiques à tissus lâches et mous.

L'appareil de notre *Shower-bath* se compose
d'une petite caisse carrée , en fer blanc, suspendue par un *pied de chèvre* , ou potence mobile. Dans le milieu de cette caisse est placé
un cylindre creux, soutenu par deux pivots;
il est ouvert dans le haut sur toute sa longueur , et muni d'une poignée propre à lui
faire décrire un mouvement de rotation sur son
axe. On y fait arriver, par des tuyaux en
plomb, dont le bout est armé d'un robinet,
un filet d'eau froide et un filet d'eau chaude ,
au moyen desqnels on obtient les degrés de
température convenables.

Avant de s'en servir, on commence en général et durant quelques minutes par masser,
frictionner et doucher le malade , à l'eau
chaude. On lui couvre ensuite la tête avec un
casque, une éponge, un bonnet de taffetas ciré,
ou simplement avec une serviette mise en huit
ou dix doubles, pour diminuer l'impression qui
en résulte sur le cuir chevelu, qu'il est bon
quelquefois de ne pas mouiller; puis on le fait

placer sous l'appareil , et on tourne le cylindre avec rapidité. L'eau se précipite dans la
caisse, s'échappe au travers de son fond percé
de mille trous , et vient envelopper tout le
corps comme une forte pluie d'ondée. L'impression produite au moment de la chûte de
l'eau est vive ; on peut la comparer au réveil
en sursaut.

On se borne quelques fois à une seule ondée ,
mais le plus ordinairement on en prend de trois
à dix ; mon père a vu des malades s'en faire
administrer plus de cinquante ; mais il n'est
pas rare d'en voir porter le nombre à 15 ou 20 ;
en se réglant d'ailleurs sur les forces , les besoins et la sensibilité du sujet.

Chaque ondée d'eau froide est communément
suivie d'un arrosement d'eau chaude. Avec cette
précaution, on éprouve à peine un instant d'hor-
ripilation et de froid. Il arrive ici comme au
Russe et au Finlandais , lorsqu'ils se jettent dans
la *Néva* ou se roulent dans la neige, au sortir de
leurs étuves : le surcroit d'activité qui résulte
d'un pareil bain , neutralise l'effet du froid et
arrête toute réaction fàcheuse. Mais il faut beaucoup de circonspection ; car s'il y avait abus ,
une impression froide trop forte déterminerait
souvent des congestions internes.

Je ne partage point l'opinion de Gianini ,
qui pensait que le Shower-bath est générale-

ment

ment avantageux dans les affections fébriles ; je crois au contraire, avec Alibert et Marcart, que tout Médecin prudent doit le prescrire avec beaucoup de réserve ; et si on l'administre parfois dans des cas de névroses qui présentent quelques caractères d'acuité, c'est toujours alors pour produire une action perturbatrice propre à changer le mode de vitalité, et à régulariser le mouvement des organes malades, plutôt que pour réprimer l'état pyrétique ; indication plus facile à remplir par la saignée que par le bain dont il s'agit.

Le bain proprement dit, et tel que vulgairement on l'entend, consiste dans l'immersion d'une ou de plusieurs parties du corps dans l'eau. C'est un des plus puissans moyens thérapeutiques connus. Les premiers Législateurs en firent une loi, et les pères de la médecine Hippocrate, Gallien, Celse, Avicenne, le recommandent de la manière la plus expresse.

Du Bain en général.

Les bains peuvent être *froids*, *tièdes* ou *chauds*.

L'impression du froid et du chaud étant relative, il n'est pas possible de déterminer le degré de température dans lequel ces sensations doivent être circonscrites ; cependant, pour me conformer à l'usage, j'appellerai bains *froids*, ceux dont la température n'excède pas

15 degrés de Réaumur, *tempérés* ou tièdes, ceux de 15 à 25°, et enfin *chauds*, ceux de 25 à 30° et au-dessus.

Bain tempéré. Pour bien comprendre les effets du bain tempéré, l'on doit tenir compte d'une infinité de circonstances accessoires, appartenant à l'hygiène et à la thérapeutique, dont il sera fait mention ailleurs; je me bornerai ici à dire qu'il a pour effet immédiat d'assouplir la peau, de la déterger des concrétions qu'amène la sueur, de faciliter les mouvemens musculaires, et d'agir efficacement sur le moral, en mettant les organes du sentiment dans une disposition agréable.

Chez les personnes de constitution molle et lymphatique, quelquefois les mouvemens du pouls se ralentissent; le plus souvent ils s'accélèrent d'abord et bientôt après reprennent leur état normal. Dans la plupart des cas, ils diffèrent peu de leur rythme ordinaire. Cependant on ne saurait tracer des règles invariables à cet égard, parce qu'il faut plutôt juger de l'influence du bain sur l'économie animale, par l'effet qu'éprouve le corps, d'après la disposition actuelle de l'individu, que par sa température absolue et ses autres qualités physiques ou chimiques.

A Aix, on emploie le bain tiède composé

d'eau d'Alun ou d'eau de Soufre, pures ou mélangées, qu'on fait tantôt refroidir spontané-
ment au point convenable, tantôt avec de l'eau
commune. Dans ce dernier cas, il est plus
calmant et l'on s'en sert pour diminuer l'irritabilité nerveuse ou musculaire, apaiser la
douleur, combattre l'exaltation cérébrale, le
spasme et les convulsions. Administré dans des
proportions croissantes ou décroissantes d'eau
chaude et d'eau froide, il sert de passage du
bain tiède au bain chaud, ou bien à tempérer
l'effet de la douche. En l'alternant avec cette
dernière, il la rend moins fatigante.

Sa durée est ordinairement d'une heure,
mais elle doit toujours être modifiée ainsi que
sa température, d'après les circonstances, l'âge
du malade, son sexe, ses forces, sa suscepti-
bilité, la nature du mal, l'excitabilité de la
peau, l'état de l'atmosphère, etc.

L'adulte, doué d'un tempérament bilieux,
nerveux ou sanguin, est celui qui supporte le
mieux l'usage des bains tièdes sans crainte de
s'affaiblir. Les vieillards doivent les prendre un
peu plus chauds et plus courts, d'après le précepte de Phylostrate : *Senecta hominum balnea
calida, etc.*

Les femmes, ayant une sensibilité plus ex-
quise et des tissus plus lâches, ne devront pas
y rester autant que les hommes, surtout s'il

y a hypertrophie du cœur, engorgement glanduleux, disposition à la syncope. Enfin l'extrême mollesse qui caractérise l'organisation de l'enfance, la perméabilité extraordinaire de la peau jointe à la faiblesse propre à cet âge, doivent rendre le précepte plus rigoureux encore à son égard, et exiger généralement des bains de courte durée : aussi voyons-nous les enfans s'ennuyer bientôt dans un bain, à moins qu'ils ne puissent y jouer et s'y distraire par le mouvement.

Quoique l'Etablissement thermal d'Aix contienne des cabinets destinés à cet usage, le plus souvent les bains tempérés se prennent à domicile. Chaque hôtel, à cet effet, possède un nombre de baignoires proportionné à ses logemens. Pour s'en servir, il suffit de prévenir quelques instans auparavant le Sécheur qui pourvoit aux préparatifs nécessaires.

Souvent le Médecin prescrit au malade, après être entré dans le bain à une température agréable, d'y ajouter peu à peu de l'eau chaude, jusqu'à ce qu'il y ait disposition prochaine à la sueur : ce mode convient dans les cas, où après avoir amolli par le bain tiède, on veut opérer une légère excitation analogue à celle de la douche, mais moins forte. D'autres fois, au sortir de la douche, il fait porter le malade dans un bain chaud qui est ensuite graduellement refroidi. Ceci a lieu lorsqu'on veut prévenir des sueurs débilitantes, et convient essentiellement aux personnes sèches, maigres, irritables, nerveuses et pour lesquelles le *Shower-bath* serait une trop rude épreuve.

Nos bains de piscine, ou *à grande eau*, ne sont qu'une variété du bain tiède. Les anciens avaient dans tous leurs Etablissemens thermaux une piscine servant à la natation, où toute la jeunesse se livrait à cet agréable exercice, et c'est encore aujourd'hui pour Aix un des plus puissans moyens d'hygiène et de thérapeutique. Aussi, en obtenons-nous des succès bien marqués, surtout chez les jeunes personnes dont la taille a quelque tendance à se dévier, et pour lesquelles ce genre de bain offre un charme irrésistible.

Notre belle piscine des THERMES-ALBERTINS (*Voy. la Pl.* VII) est maintenue généralement à la température de 27 à 28° R. (92 à 95 Farenheit). Se trouvant, de quelques degrés au-dessous de la chaleur du sang, elle tempère celle de l'économie animale, et suffit néanmoins pour imprimer aux organes intérieurs l'activité nécessaire dans une foule de maux.

Les personnes qui ne savent pas nager y trouvent des globes de fer blanc, vides et bien soudés, munis d'une ceinture pour les assu-

Piscine.

jétir au corps. Ces globes de cinq ou six pouces de diamètre peuvent soutenir sur l'eau des a-dultes de forte corpulence ; et les enfans munis de *leurs boules* nagent avec une hardiesse in-concevable qui prouve leur sécurité.

Les engorgemens glanduleux, les affections scrofuleuses et lymphatiques, l'atrophie des membres, le rachitisme, une menstruation qui se fait trop attendre, la lenteur du développe-ment de tout l'organisme aux approches de la puberté, etc. etc., trouvent dans nos bains de natation, un remède aussi utile qu'agréable.

Bain chaud. Les effets immédiats du bain chaud peuvent se réduire aux suivans: la circulation s'accé-lère, la peau se tuméfie et rougit. Une sueur lé-gère couvre le front, les tempes et les lèvres. Tous les liquides se dilatent ; le sang se porte rapidement aux poumons et à l'encéphale ; de là, gène dans la respiration, douleur de tête, stupeur et coma qui pourraient être suivis d'apo-plexie, si l'on n'exerçait dans cette occasion, la plus exacte surveillance. Les accidens fâcheux qui peuvent être le résultat de cette espèce de bain, ont rendu les gens de l'art extrêmement circonspects dans son emploi ; cependant il a cela de commun avec les remèdes violens que son activité même peut le rendre fort utile, entre les mains d'un homme instruit qui procède avec les précautions requises. Il convient, en général, de commencer par des bains partiels, puis de passer aux bains généraux et de ne pas les prolonger au-delà d'un quart d'heure, lorsqu'on les prend par immersion entière dans la baignoire; c'est ce qui se pratique au Mont-d'or, où l'on se baigne après la douche, dans l'eau même qui y a servi.

A Aix, le plus souvent on administre le bain chaud au sortir de la douche, dans une pièce appelée le *Bouillon*. Il est rare alors qu'on y reste plus d'une à deux minutes; ordinairement on ne fait qu'entrer et sortir, ce qui lui a fait donner vulgairement le nom de *Plongeon*. Il est cependant des circonstances où l'on doit le prolonger plus long-temps, surtout s'il est partiel; tels sont les cas de paraplégies anciennes qui ont résisté à tout autre moyen, ainsi que plusieurs affections chroniques de la peau, où il faut, pour me servir de l'expression d'Alibert, *cuire*, pour ainsi dire, le malade.

On emploie le bain chaud avec avantage dans la suppression des flux hémorroïdaux et menstruels, dans les rétractions tendineuses, les affections rhumatismales invétérées avec engorgemens froids articulaires; enfin, toutes les fois qu'on se propose de diminuer la masse des humeurs, de ramollir les solides, et qu'on n'a pas à redouter les effets d'une stimulation violente.

Les effets merveilleux, obtenus par les bains chauds, durent faire penser de bonne heure à tirer parti de l'eau réduite en vapeur. Dès l'antiquité la plus reculée, le *Tepidarium* faisait les délices de Rome. En Egypte, en Finlande, en Russie, on se sert d'étuves depuis un temps immémorial, et en Orient surtout, les femmes recherchent ce plaisir avec ardeur. Les Egyptiens sont si convaincus de leur efficacité, au rapport de Timoni, qu'au lieu de demander, lorsqu'ils se rencontrent, *comment va-t-il?* ils emploient cette autre formule, *comment sues-tu?*

L'action du bain de vapeur diffère essentiellement de celle du bain d'eau chaude ; car, d'un côté, l'eau vaporisée pénètre le système dermoïde d'une manière bien plus énergique, par cela même que ses molécules sont plus atténuées ; et de l'autre, la compression exercée par le fluide ambiant, pouvant être considérée comme nulle, l'expansion doit être plus grande du centre à la périphérie.

Les effets immédiats du bain de vapeur sur le corps humain seront donc d'autant plus grands que la température en sera plus élevée, à moins qu'on n'y soit amené insensiblement par l'augmentation de la chaleur d'une manière lente et graduée. C'est en procédant ainsi que Fordice et le savant Broussonet sont parvenus à supporter

porter la température au-delà de 80° R., sans des souffrances trop vives. A la vérité, ils n'é-taient pas dans une étuve humide : ils n'au-raient pu la supporter à une température aussi élevée ; car on sait qu'une chaleur sèche de 50° R. ne fait guères sur le même individu plus d'impression qu'une étuve humide de 35°. Ce phénomène tient à l'évaporation des gouttelettes de sueur, qui a lieu plus promptement dans l'étuve sèche que dans l'étuve humide. Une conséquence de ce principe, c'est que l'étuve, telle qu'on l'emploie à Aix, qui est humide et ne dépasse pas 30 à 32 degrés, favorisant moins l'évaporation que l'étuve sèche, doit être moins débilitante et peut suffire dans tous les cas qui requièrent ce genre de médica-tion.

Un fait extrêmement curieux et qui se lie au précédent, c'est que l'homme vivant conserve sa chaleur naturelle (environ 32° 1/2 R.), quelle que soit la température du milieu qui l'environ-ne. Tillet rapporte, à cette occasion, qu'il a vu la domestique d'un boulanger se tenir dans le four de son maître, tout le temps que durait son service (lequel consistait à arranger le bois et le pain pour la cuisson), souvent par une cha-leur excessive ; trois autres filles fesaient le mê-me service. Ayant voulu savoir au juste le de-gré de chaleur qu'elles supportaient, il trouva

Q

qu'elles restaient dans le four 15 minutes , lorsqu'il était chauffé à 106° R., 10 minutes à 110°
et 5 minutes à 113°. Ainsi ces filles supportaient,
dans ces épreuves, une chaleur de 33° au-dessus de l'eau bouillante. Ce fait , tout extraordinaire qu'il paraît , est cependant confirmé
par les expériences récentes de Blagden, Banks,
Sollander, et de MM. De la Roche et Berger de
Genève. Ces MM. ont constaté, en outre, 1° que
l'homme peut supporter une température de 86°
au-dessus de la chaleur naturelle, sans de graves inconvéniens ; 2° que le pouls bat à 101°
1/3 , cent quarante-quatre fois par minute ;
3° que l'air expiré paraît froid et fait baisser
le thermomètre; 4° que le corps, au bout d'un
quart d'heure, a perdu 300 grammes de son
poids.

Les résultats généraux, produits dans de semblables étuves , sont biens différens de ceux que
nous obtenons au Vaporarium, sur la grille du
Bouillon, et aux Thermes Berthollet; car ceux-
ci sont incomparablement plus doux, et constituent un des moyens thérapeutiques les plus
avantageux. Sous leur influence, la peau se ra-
mollit , les veines extérieures se dilatent et tout
le corps se couvre d'une légère rosée due bien
davantage à la vapeur qui se condense , qu'à
l'exhalation cutanée. Ces gouttelettes ne tarde-
raient pas à produire un sentiment de froid, si

elles n'étaient sans cesse réchauffées par des nuées d'eau volatilisée, dont l'effet est de balancer l'évaporation qui tend à soustraire au corps une partie de son calorique.

J'ai été à même de vérifier l'effet calmant de la vapeur de nos eaux, dans quelques affections prurigineuses, dans l'asthme spamodique et dans la phthisie au premier degré. Ces faits sont de nature à confirmer l'opinion des DD^rs Chaussier et Rapou, au sujet de l'action du gaz hydrogène-sulfuré, que l'on a toujours considéré comme étant un des principes les plus actifs des eaux d'Aix. Voici comment s'exprime à cet égard le savant Auteur de l'Atmidiatrique, dont l'autorité est si recommandable, surtout lorsqu'il s'agit de l'emploi des vapeurs, comme moyen médicamenteux. « Le gaz hydrogène-sulfuré est un des plus précieux agens de la thérapeutique. Il est aussi celui dont on connaît le moins la manière d'agir ; car, presque tous les médecins le supposent excitant et emploient les vapeurs hydro-sulfurées pour augmenter l'énergie vitale de la peau, pour accroître la circulation capillaire, et par continuité de tissu, l'irritabilité des parties profondes sur lesquelles on les dirige. Il est vrai qu'elles résolvent bien plus facilement et avec plus de promptitude les tumeurs et les engorgemens lymphatiques que tous les autres moyens : mais elles sont principalement sédatives-et calmantes. Une singulière propriété du gaz hydrogène-sulfuré dont je me suis convaincu un grand nombre de fois, c'est qu'il tempère manifestement l'activité du calorique : c'est-à-dire, que la vapeur aqueuse qui, appliquée, soit en douche, soit en bain, sur une partie quelconque du corps à un degré donné, déterminerait chaleur, rougeur et gonflement, ne produira aucun de ces effets immédiats, si elle est saturée de gaz hydrogène – sulfuré. Après son action, la peau est plus souple, plus douce, plus onctueuse, etc. »

Le gaz hydrogène-sulfuré pur est, comme on le sait, un des gaz asphyxians les plus énergiques, un des poisons sédatifs qui agissent le plus puissamment sur le système nerveux. Cette circonstance a souvent fait croire à des savans étrangers, médecins, physiciens et chimistes, que nos bains de vapeur pouvaient être dangereux : mais cette assertion est facilement combattue par l'expérience qui, depuis un temps immémorial, a confirmé l'efficacité de ces bains dans beaucoup de maladies, et leur innocuité parfaite, quand on en usait avec prudence. Elle l'est encore par les considérations suivantes, déduites de faits positifs.

1° Nos vapeurs hydro-sulfureuses ne sont pas

pures. L'air atmosphérique et l'azote y sont en proportions infiniment plus considérables.

2° L'hydrogène sulfuré, qui se développe au moment où le gaz fourni par les eaux vient crever à leur surface, ne s'y accumule pas, puisque, comme on l'a vu précédemment, il forme de l'acide sulfurique, qui imprègne le linge à sa proximité, convertit en gypse le revêtement calcaire de l'intérieur des cabinets et fait passer à l'état de sulfate le fer, le cuivre et le zinc qu'il y rencontre.

3° Enfin, les cabinets, où ces vapeurs s'administrent, ne sont pas hermétiquement fermés; au contraire, le mouvement des baigneurs, celui des gens de service, et la différence de pesanteur spécifique de l'atmosphère et de la vapeur des eaux chaudes, amène dans la masse aérienne de ces cabinets, un mouvement qui en mélange, déplace et renouvelle à chaque instant toutes les molécules.

La vapeur s'administre à Aix de quatre manières. La première consiste à placer le malade dans une étuve, où tout le corps est plongé; c'est ce qui a lieu au *Vaporarium*, à l'*Enfer*, dans les *Guérites* et sur la grille du *Bouillon*. La deuxième se fait par encaissement; la tête seule dans ce cas se trouve hors de l'appareil, tandis que le reste du corps est plongé dans la vapeur. La troisième consiste à diriger la vapeur,

sous forme de douches, ce qui s'exécute en conduisant le jet sur une seule partie, à l'aide de
tuyaux dont on peut varier à volonté le diamètre, la forme et la longueur. Souvent c'est
avec un manchon cylindrique, dans lequel on
introduit la jambe, le bras ou la main ; d'autres
fois c'est avec un cône qui sert à concentrer les vapeurs et à les rassembler en une sorte de foyer,
sur la partie qu'on y soumet. Enfin, il est une
multitude d'autres appareils, dont le détail serait fastidieux pour le Lecteur, et que la simple
inspection fera beaucoup mieux comprendre.
(*Voy. la Pl.* VIII.)

4° On a mis à profit la propriété qu'ont les
liquides de produire une chaleur plus grande,
à raison de leur densité spécifique, pour administrer des bains mixtes : c'est-à-dire, dans lesquels la tête, les bras ou la moitié supérieure
du corps sont soumis à l'action de la vapeur à
27°, pendant que les extrémités inférieures sont
plongées dans un bassin d'eau de Soufre ou d'A-
lun, à leur température naturelle. Cette espèce
de bain qui a de l'analogie avec le *Semi-cupia*
des Anciens, est toujours préférable chez les
personnes très-sanguines ou douées d'un tempérament éminemment nerveux. Il est prudent,
chez elles, d'appeler les fluides vers les régions
éloignées des centres vitaux : on évite, par ce
moyen, les causes d'irritations cérébrale et mé-

dullaire , souvent accompagnées de convulsions et de douleurs atroces.

On conçoit, d'après ce qui précède, combien la seconde manière d'administrer la vapeur diffère de la première ; car , en thérapeutique, il n'est pas une modification qui n'amène de résultats différens : l'air qui pénètre dans l'éponge pulmonaire , étant ici plus oxigéné et moins brûlant , la respiration est plus libre et les inspirations moins nombreuses ; de-là , plus de calme dans la circulation; il arrive moins de sang au cerveau dans un temps donné ; ce qui doit faire préférer cette méthode , toutes les fois qu'on a à redouter des congestions sanguines dans les organes de l'encéphale.

Quant à l'application locale de la vapeur, elle peut être extrêmement utile , pour activer une inflammation circonscrite, favoriser la résolution d'un engorgement , hâter la rupture d'un abcès , faciliter le retour des évacuations menstruelles et pour produire une révulsion sur un point de la périphérie , dans l'intention de combattre une irritation profonde ou une phlegmasie latente de viscères ou d'organes plus essentiels.

Des Bains de boues ont été introduits à Aix , Bains de Boues. à l'imitation de ceux d'Acqui, de Vinadio et de St.-Amand. De tout temps , on avait usé

des boues thermales de nos eaux en applications et en cataplasmes. On les recueillait autrefois dans le bassin central du grand Bâtiment des bains et dans le grand bassin des eaux
d'Alun appelé Bain royal. Depuis que ces bassins
ont reçu des destinations spéciales qui ne permettent plus de s'y procurer ces boues spontanées, produit des conferves et de la matière
animale ou glairine, on était privé de cette
ressource utile; mais, dans la distribution des
Thermes—Albertins, un local spécial a été disposé pour y accumuler tous les *détritus* des fontaines minérales, et y opérer les mélanges convenables.

Les boues ainsi préparées se composent,
comme à Acqui et à St.-Amand, d'une terre
magnésienne, extrêmement douce et onctueuse
au toucher, unie à la matière azotée et au soufre fournis par les deux eaux thermales. Elles
sont mises en dépôt dans un espèce de puits
ou réservoir disposé à cet effet. Continuellement agitées par l'eau d'Alun qui sourd au-
dessous, leur masse s'imprègne de plus en plus
de principes minéralisans, et quoique la température en soit moins élevée qu'à Acqui, l'on
en retire néanmoins les plus grands avantages
dans les rétractions tendineuses, et dans plusieurs affections chroniques du système de la
peau.

La

La densité de ce Bain étant supérieure à celle de tous les autres, et la chaleur s'y conservant conséquemment plus long-temps à égalité de température, il n'est pas douteux qu'il ne produise des cures nombreuses dans les cas de nécroses, de fracture, d'atrophie des membres, et qu'il ne devienne plus usuel dans les affections scrofuleuses, si souvent rebelles et si variées dans leurs formes.

§ 2me

PRÉCAUTIONS A OBSERVER
PENDANT L'USAGE DES EAUX.

LES moyens à mettre en usage pour retirer tout le fruit qu'on doit attendre des Eaux d'Aix peuvent se rapporter à deux chefs principaux. Les uns sont purement hygiéniques et relatifs aux affections de l'ame, à l'air, aux alimens, aux boissons, à l'exercice; les autres regardent spécialement l'administration des eaux et sont du ressort de la thérapeutique. Tous sont fondés sur l'expérience et la tradition, et c'est à ce double titre qu'ils méritent l'attention des Baigneurs.

R

CONSIDÉRATIONS HYGIÉNIQUES.

Affections de
l'ame.

Les affections morales de l'homme (*animi pa-themata*) sont si intimément liées à son or-ganisation physique ; elles fournissent tant d'in-dications précieuses dans le pronostic et le trai-tement des maladies , qu'on peut facilement se convaincre du rôle important qu'elles doivent jouer dans la médication par les eaux miné-rales : en effet, si un accès de joie ou de tris-tesse, si l'envie ou l'ambition impriment à l'ame des secousses violentes , et quelquefois mortel-les dans l'état de santé , elles ne peuvent man-quer de produire des désordres extrêmement graves sur ceux qui arrivent aux Eaux , avec une organisation délabrée, et douée par là mê-me d'une *impressionabilité* plus grande.

Qui ne sait d'ailleurs combien de fois l'atro-phie , la mélancolie , le marasme sont produits ou entretenus par la haine, l'amour, la jalou-sie ; combien un chagrin de famille , un léger revers de fortune amènent de modifications dans la manière de faire , de dire , de penser ; combien enfin d'affections viscérales ont leur source secrète dans une aberration mentale , dans un repli du cœur.....

Ce sont des considérations de ce genre qui ont fait dire au célèbre Auteur de l'*Arbre des*

Dermatoses (le Dr Alibert), « *Quand vous arrivez aux Eaux minérales , faites comme si vous entriez dans le temple d'Esculape : laissez à la porte toutes les passions qui occupent votre esprit.* » Ce sont elles qui ont valu à la Science, les ouvrages immortels des Dumas, des Louyer-Villermay , et qui ont encore, pour le médecin observateur , un intérêt d'autant plus vif qu'elles l'éclairent sur les variations qu'il doit apporter aux remèdes.

L'action des médicamens étant singulièrement influencée par les passions de l'ame , il arrive souvent que l'homme de l'art , pour obtenir du succès , est obligé d'agir premièment sur le moral de ses malades , tantôt en s'efforçant de leur inspirer une confiance presque aveugle dans la nymphe des eaux , tantôt en employant l'ascendant du caractère pour faire surmonter une répugnance, vaincre une habitude ; et quelques fois , en déplaçant une idée pour en faire naître une autre de nature différente, ou en variant les occupations accoutumées par des occupations, des surprises et des émotions nouvelles.

Les personnes portées à la mélancolie éviteront , pendant l'usage des eaux, de rester seules et de se livrer à leurs propres pensées. Elles doivent manger de préférence à table d'hôte ; rechercher la société des personnes aimables et

2

enjouées ; se dissiper par des lectures agréables, l'équitation, la danse, la musique, et semer des germes de guérison, en faisant succéder la gaîté à la tristesse et en remplaçant des habitudes sédentaires par une vie active et dissipée.

Au contraire les personnes douées de passions vives, telles que la colère, l'ambition, l'amour,..... devront les modérer et leur imposer un frein, pendant tout le temps que durera la cure.

Air Atmosphérique. Les différentes variations de l'atmosphère, la chaleur, le froid, la sécheresse, l'humidité de l'air, le passage brusque d'une température à une autre sont, d'après Hippocrate (*de aere, locis et aquis*), les causes les plus fréquentes des changemens qui arrivent dans l'organisme et conséquemment de la plupart des maux qui affligent l'espèce humaine. Ces divers états de l'air, par les modifications qu'ils impriment à l'exhalation cutanée, ont une influence plus grande qu'on n'imagine sur l'action des eaux thermales, et l'on ne saurait, par ce motif, prendre trop de précautions, pour se garantir des intempéries. L'air trop chaud irrite les poumons et produit la lassitude ; l'air froid, des répercussions fâcheuses, des accès de toux, de goutte, de rhumatisme ; l'air froid, saturé de vapeurs aqueuses, nuit essentiellement à la transpiration et produit le relâchement des tissus et l'atonie des organes.

Un des moyens les plus propres à prévenir les accidens qui résultent des variations de température est, sans contredit, l'usage des tissus de laine et spécialement de la flanelle, appliqués sur la peau. Cette précaution est presque indispensable pour les personnes qui ont la poitrine délicate et pour celles dont la peau, facilement perméable, se couvre de sueurs, par la plus légère cause.

La facilité qu'offrent les environs d'Aix de se promener dans des lieux plus ou moins élevés, permet de varier l'effet de la pression atmosphérique suivant la maladie. C'est ainsi, par exemple, qu'on conseille l'air vif et frais des collines aux personnes douées d'un tempérament lymphatique, tandis qu'on recommande aux malades atteints de phthisie l'air doux et chaud du fond de la vallée.

Pendant l'été, les eaux et l'ardeur du soleil occasionnent, vers le soir, un serein d'autant plus abondant, que le rayonnement du calorique a été plus fort et l'évaporation plus grande. La chute de l'eau ainsi condensée, plus pernicieuse encore pour ceux qui n'y sont pas accoutumés, doit faire aux malades un précepte de rentrer chez eux de bonne heure, et surtout de ne pas se promener après le coucher du soleil.

Enfin, le bain, la douche et la boisson des eaux ayant pour effet de produire des transpirations abondantes, les malades choisiront de préférence des chambres vastes et des appartemens où l'air puisse se renouveler aisément.

Régime.

Le régime, chose si utile même à l'homme qui jouit de la plénitude de ses fonctions, est cependant l'objet qu'on néglige le plus ordinairement, lorsqu'on vient aux Eaux pour cause de maladie.

Le luxe de la table favorisé par l'empressement que les maîtres de pension mettent à plaire à l'étranger, la bonté des mets, leur délicatesse et leur profusion, concourent puissamment à faire négliger sur ce point les avis donnés par la Médecine. Tous les Auteurs s'accordent cependant à dire que l'abus qui accompagne ordinairement les délices de la bonne chère, est non-seulement nuisible aux organes digestifs, mais qu'il occasionne encore les récidives les plus nombreuses, dans les maladies traitées par les eaux minérales; en conséquence, voici quelques principes qui peuvent servir de règle au Baigneur.

Le premier et le plus important consiste à user de tout avec modération, en évitant particulièrement l'excès des choses dont l'action est diamétralement opposée à celle des eaux :

tels sont les alimens qui tendent à stimuler fortement le canal alimentaire, et à diminuer par-
là ou à suspendre la transpiration habituelle
de la peau.

Les viandes salées et particulièrement celle
de porc , sont généralement nuisibles aux personnes atteintes de rhumatisme , de douleurs
arthritiques et surtout de maladies de la peau.

Le poisson d'eau douce convient au plus
grand nombre des malades, aussi la consommation qui s'en fait à Aix , pendant le temps
des Eaux , est-elle considérable. On doit préférer celui dont la chair est tendre et peu fibreuse,
comme la Lotte, la Truite, le Lavaret, l'Umble-
chevalier, la Carpe et le Brochet.

Puisque les eaux prises en boisson, en bain,
ou en douche, donnent une nouvelle vie au
système circulatoire, qu'elles produisent une
excitation générale, et que la constipation est le
résultat ordinaire du surcroît d'action dans le
système cutané, il convient de ne rien faire
qui puisse contrarier le travail de la nature.
On évitera donc les mets fort épicés, les fri-
tures, les viandes trop grasses, surtout lorsqu'elles sont apprêtées avec des sauces de haut
goût, les végétaux qui contiennent un grand
nombre de principes stimulans , comme sont
l'ail , le céleri , les raiforts , etc.

Les hypocondriaques , les hystériques, les va-

létudinaires, les personnes sujettes aux borbo-
rygmes devront user avec circonspection des
légumes, tels que pois, haricots, lentilles, fé-
ves, épinards, salsifix, artichauts ; ainsi que
des fruits lourds, comme sont la courge, les
concombres et les melons.

Les personnes chez lesquelles la transpiration est abondante, devront être très-réservées
dans l'usage des gelées de framboises, de gro-
seilles, et généralement de tous les acides. Ces
substances, qu'on a regardées de tout temps
comme rafraîchissantes, ont pour premier effet
de produire le resserrement des tissus et conséquemment des pores et du derme, contraire-
ment à l'action des eaux qui tend à les dilater.
Les sorbets et les boissons à la glace produisent
un résultat analogue et stimulent en outre,
d'une manière violente, l'appareil gastro-enté-
rique, d'où peuvent survenir des métastases
funestes. Un moyen de diminuer la qualité
nuisible de ces boisons, c'est de se livrer à un
exercice modéré immédiatement après les avoir
prises ; l'effet de ce mouvement est de porter
légérement à la peau et de balancer ainsi l'action répercussive des boissons réfrigérantes.

L'exercice et les pertes considérables que le
corps fait par la sueur exigent, en général, une
nourriture substantielle, de facile digestion, et
qui, sous le moindre volume possible, con-

tienne

tienne le plus de matériaux nutritifs. Le *beef-steak*, le *roastbeef*, la volaille, le mouton et le veau rotis, les gelées animales forment la nourriture qui remplit le mieux ces indications : viennent ensuite les substances amilacées, le riz, la semoule, les pâtes de Gênes, les gruaux, la fécule de pomme de terre, le salep et l'arrow-root. Les crêmes au sucre, au chocolat, lorsqu'elles ne sont pas trop aromatisées, sont à la fois succulentes, nutritives et faciles à digérer. Les œufs doivent être regardés comme la substance animale la plus saine, la plus légère et la mieux adaptée aux différens tempéramens, pourvu qu'ils soient frais et que la cuisson ne leur ait pas fait perdre entièrement leur fluidité. Le fromage est indigeste, surtout lorsqu'il est récent et qu'il entre en trop grande proportion dans la composition des mets.

Le bouillon, fait avec des viandes de bœuf, de veau et de poulet, forme une solution de principes animaux nourrissante, réparatrice, et tout à la fois convenable au genre de vie que mène le Baigneur.

Le vin vieux du pays, étendu d'eau, constitue une boisson tonique, utile à ceux qui prennent la douche; elle fortifie l'estomac et ranime promptement les forces. On évitera les liqueurs alcooliques pures : leur effet est d'exciter trop vivement et de produire ensuite un

S

état de *collapsus* et de dépression vitale. Quant
aux vins étrangers, ils conviendront à ceux qui
en boivent habituellement : mais leur dose de-
vra être diminuée, dès qu'on s'apercevra qu'ils
irritent les organes digestifs.

Le lait, l'orgeat, les décoctions mucilagineuses et autres boissons adoucissantes, dont
l'usage est si avantageux ; lorsqu'on vient aux
Eaux pour des maladies de poitrine, pour des
gastrites anciennes et autres lésions de l'appareil alimentaire, ne doivent pas être bues in-
différemment par toute sorte de personnes :
prises habituellement, elles sont loin de con-
venir à celles qui sont douées d'un tempérament lymphatique, qui ont la fibre lâche et qui
sont naturellement portées à l'inertie ; les boissons légèrement toniques, l'eau de la fontaine
martiale de St.-Simon ou d'Hygie, la bierre,
les décoctions de houblon, de quassia et autres substances amères, conviennent infiniment
mieux à cette espèce de constitution.

Exercice.

Hippocrate, Sydenham et Baglivi ont re-
commandé l'exercice, spécialement dans les maladies chroniques. Au rapport de Gallien, les
exercices de gymnastique étaient regardés par
les médecins de la Grèce, comme un puissant
moyen de relever les forces, de favoriser les
crises et d'abréger la convalescence.

L'exercice est encore aujourd'hui conseillé essentiellement dans le but de seconder l'action
des eaux. On sait en effet que les mouvemens
du système musculaire aident et facilitent ceux
de tous les autres appareils organiques. Mais
cet exercice doit en général être modéré, et rarement poussé jusqu'à la fatigue ; il varie avec
le sexe, l'âge et les habitudes qu'on a con-
tractées.

Les personnes jeunes et robustes choisiront
de préférence la promenade à pieds, dans les
lieux escarpés, et surtout la promenade du
matin, si elles font usage des eaux en boisson.

Les sujets affectés d'hypocondrie, d'hystérie,
d'engorgemens de foie, de la rate ou du pan-
créas, devront préférer l'exercice à cheval. Le
ballottement et les secousses qui en résultent,
vont retentir jusques dans la profondeur des
organes; ils augmentent l'action de l'estomac,
favorisent la circulation dans le réseau capillaire sanguin et dans les vaisseaux lymphatiques ; rien n'est plus propre à hâter la résolution des engorgemens et l'embarras des viscères abdominaux. La danse, le jeu de billard, la musique même et la natation, produisent encore un effet analogue; ils stimulent
les tissus vivans tombés dans la langueur, donnent une énergie et une activité nouvelle à
toutes les fonctions, et concourent ainsi à ra-

mener l'équilibre entre les divers systèmes qui composent l'économie animale.

La proximité du lac du Bourget fournit aussi un moyen fort agréable de prendre de l'exercice, par la facilité qu'on a de s'y promener en bateau. Il faut seulement avoir la précaution de s'habiller plus chaudement que de coutume, afin de se parer des vents froids qui balayent la surface du lac, à différentes heures du jour, et notamment de la brise du soir.

Pour les personnes qui, par suite de faiblesse, de paralysie commençante, de *nodus* articulaire, d'ankylose, ne peuvent pas exécuter des mouvemens fort étendus, il serait souvent utile, ainsi que je l'ai vu pratiquer à Bath, de suppléer aux autres exercices par l'agitation d'un rouet, celui de rouleaux en bois qu'on fait mouvoir avec les pieds, la traction d'un ressort, l'effort musculaire des bras pour contrebalancer un poids dont on augmente chaque jour la pesanteur.

On pourrait aussi adopter pour la promenade une sorte de *tricycle* ou petite voiture à trois roues, dont les malades se servent avec avantage dans tous les établissemens thermaux de la Grande-Bretagne. L'exiguité de ses dimensions permet à un domestique placé derrière, de pousser et de faire avancer l'équipage, tandis que le malade le conduit lui-même, à l'aide d'une espèce de gouvernail qui change à volonté la direction de la roue de devant.

Du reste, on se procure à Aix, avec une extrême facilité, des chars légers et bien suspendus, des chaises à porteurs, courtes ou allongées, à dossier fixe ou mobile, au moyen desquels les plus impotens peuvent jouir de la promenade au grand air, et parcourir les sites environnans.

Enfin, s'il n'était pas possible de se livrer aux différens genres d'exercice que nous venons d'énumérer, on pourrait y suppléer par l'emploi des frictions, moyen dont les anciens avaient reconnu l'immense avantage et qui malheureusement est presque tombé en désuétude. Nos corps se soumettraient sans doute avec peine à l'action du strigile en usage parmi eux;* mais l'on y suppléera, en se servant d'abord d'un linge doux, puis d'un morceau de flanelle, et enfin, d'une brosse, dont le poil ne soit ni trop court ni trop raide. Il convient de commencer par frictionner les extrémités supé-

* Le strigile antique n'était autre chose qu'une lame de métal, ordinairement de bronze et quelquefois de fer, ainsi que le prouvent les fragmens trouvés dans les Bains de Caracalla, à Rome et dans les ruines de Pompéi. (*Library of entertaining Knowledge* (*Vol.* 1 , *p.* 181).

rieures, de passer successivement au cou, aux épaules, au reste du tronc et aux membres inférieurs, et de continuer jusqu'à ce que l'on ait produit sur tout le corps, la tête exceptée, une légère rubéfaction.

Repos. L'âge, le sexe et la constitution doivent servir à régler la durée du sommeil. Les personnes faibles, les femmes, les vieillards et les enfans dormiront plus long-temps que les adultes : mais, en général, le temps consacré au sommeil ne dépassera pas huit ou neuf heures. Cependant ceux qui ne font usage des eaux qu'en bains ou en boisson, et ceux qui sont disposés à la paralysie, aux affections spasmodiques, aux congestions sanguines de la tête, se contenteront d'un sommeil beaucoup plus court.

Le repos est toujours avantageux, lorsqu'on revient de la douche ; mais il ne faut pas le prolonger au-delà de deux heures. Il est nuisible, en général, après diner, à moins qu'on n'en ait contracté une longue habitude, comme cela arrive souvent à l'habitant des climats chauds. Enfin, quelle que soit la manière dont on prenne les eaux, il convient de peu manger le soir, et de mettre un intervalle d'une heure, au moins, entre le repas et l'instant du coucher.

On évitera soigneusement les veilles prolongées : elles causent de l'agitation, ébranlent souvent tout l'organisme et tendent constamment à aggraver les maladies.

CONSIDÉRATIONS THÉRAPEUTIQUES.

I.

Plus un remède est énergique et variable dans son application, plus il est nécessaire de l'employer avec discernement : on observe en effet que du choix et de la graduation des Bains, dépend, en grande partie, le succès de la cure. Les moyens que conseille la prudence, sont donc d'étudier la sensibilité individuelle, de préparer graduellement la peau à une plus vive stimulation, de se garder de la soumettre brusquement à une excitation violente, de consulter les sympathies, en combinant avec art, les diverses espèces de bains, de douches et d'étuves : moyens qu'on ne saurait employer convenablement, que lorsqu'on a acquis une connaissance profonde de la constitution des malades. Dans ce but, ceux qui se rendent à Aix ne sauraient trop mettre d'attention à se munir de notes historiques bien détaillées sur leur situation passée ; car rien n'est plus propre à éclairer le médecin sur la méthode de traitement qu'il doit suivre.

II.

Pour bien comprendre l'effet des bains sur l'économie vivante, il est nécessaire de tenir compte d'une infinité de circonstances, et d'abord, de la pression qu'exerce l'eau sur celui qui s'y soumet. L'eau augmente en effet, par sa pesanteur spécifique, le poids que l'atmosphère exerce sur le corps; et cette pesanteur devient encore plus considérable, à proportion des sels et des autres substances qui s'y trouvent suspendues ou dissoutes.

Ces considérations doivent tenir en garde, contre les dangers qui peuvent résulter de la pression aqueuse, surtout pour les personnes dont la taille est ramassée, la tête volumineuse, le cou très-raccourci, et qui sont par cela même pré-disposées à l'apoplexie et aux congestions cérébrales. Tous les viscères étant susceptibles d'éprouver un refoulement des humeurs, et par suite des métastases dangereuses sur les parties où cette pression s'exerce avec moins d'énergie, on conçoit qu'il doit exister une foule de cas, où il serait avantageux de n'entrer dans le bain que graduellement, ou bien de n'élever que peu à peu l'eau de la baignoire. *

* En Angleterre, on obvie aux accidens qui peuvent résulter de la pression de l'eau dans le bassin ; à l'aide d'une sorte de

III.

L'effet de la température de l'eau, relativement à l'immersion du corps, est aussi bien différent de celui qu'exercerait sur lui l'air ambiant, au même dégré. L'action du calorique sur le corps vivant paraît être subordonnée, ainsi qu'on l'a dit en parlant des Bains de vapeur, à la densité du fluide qui en est le véhicule. C'est pour cette raison que l'huile bouillante produit une escarre plus profonde que l'eau chauffée à la même température, et que tel supportera aisément la chaleur de l'air à une température donnée, qui aura peine à soutenir celle de l'eau commune dans des circonstances égales.

IV.

La douche, comme tous les autres remèdes, doit être en rapport avec les affections pour lesquelles on la prescrit; sa qualité, sa force et sa durée doivent être réglées sur la nature et l'intensité du mal; aussi serait-ce une erreur de penser, avec quelques personnes peu expéri-

dossier ou plan incliné mobile, sur lequel on s'appuye, et dont l'élévation et l'abaissement règlent celles du tronc et des extrémités du malade.

T

mentées , que ses effets sont d'autant plus énergiques qu'on la reçoit plus long-temps.

La seule impulsion de l'eau , suivant la hauteur de sa colonne , ainsi que le diamètre de l'ajutage , change déjà complétement sa manière d'agir; et la direction imprimée au jet , de même que la position du malade qui le reçoit , influent considérablement sur les résultats qu'on doit en attendre. La pression exercée par l'eau et le choc produit sur la partie souffrante , sont d'autant plus vifs que la colonne de liquide tombe plus perpendiculairement à la surface qu'elle frappe. Les malades négligent généralement ce principe, et flattés par la sensation plus douce qu'ils éprouvent , ils disposent leurs membres d'une manière oblique à sa direction : la douche ne fait alors qu'effleurer la partie sur laquelle on voulait concentrer toute sa force, ses effets deviennent presque illusoires, et elle ne remplit qu'imparfaitement l'indication proposée.

V.

Il est cependant des circonstances où , en administrant les eaux d'une manière douce et suivant une direction oblique , l'on obtient des effets avantageux. La douche qu'on prend dans ce cas , par *irrigation*, rentre dans le domaine des douches à faible courant ou *mitigées* , ce

qui lui donne une façon d'agir et des propriétés spéciales. Comme le remède opère alors
lentement , sans porter dans l'exercice des organes le trouble et le mouvement qui sont
inséparables des douches à forte percussion ,
on peut en prolonger plus long-temps l'usage ;
on les emploie ainsi de préférence dans les engorgemens articulaires, bornés à une petite
étendue , dans les obstructions viscérales super-
ficielles , dans les catarres chroniques, accom-
pagnés de spasmes , et dans les écoulemens
muqueux très-légers.

VI.

L'idiosyncrasie, la prédilection ou la crainte du malade pour telle espèce de douche , de
bain ou d'étuve, doivent en modifier l'emploi.
Sans ajouter cependant trop d'importance aux
effets que la frayeur produit chez des personnes jeunes et timides, à la vue de nos appareils
de bains ou des tourbillons de vapeurs qui les
accompagnent, il est souvent nécessaire de tem-
poriser et de ne les y amener que peu-à-peu.
S'obstiner à leur faire surmonter les effets de la
terreur panique qui s'est emparée d'elles, serait
quelquefois très-dangereux ; car on a vu des
femmes chez lesquelles ce sentiment était tellement fort, qu'elles suffoquaient en entrant
dans la douche , sans qu'il fut possible d'at-

tribuer ces accidens à d'autres causes qu'à l'i-
diosyncrasie ou à la répugnance.

VII.

Les climats et l'habitude exercent une influence particulière sur les bains. Les fastes de
la Médecine nous apprennent que plusieurs
voyageurs, qui supportaient très-bien le bain
froid, dans leur pays natal, ont succombé, à
la suite de ces bains, dans des pays éloi-
gnés. Des Russes et des Finlandais auraient
peine à supporter dans nos climats, la chaleur
de leurs étuves à 60° R., et le bain de glace, à
10 degrés au-dessous de zéro. Souvent on a vu
des personnes en santé prendre chez elles un
bain d'eau naturelle, à 27, 28 et même 30 degrés Réaumur, qui ont peine à supporter les bains
d'Aix, à des degrés de température bien inférieurs.

Réciproquement, l'habitude que l'on contrac-
te à Aix de se baigner quelques fois dans l'eau
très-chaude, comparativement à celle à laquelle
on était accoutumé, fait que plusieurs malades, de retour chez eux, doivent élever de
beaucoup le degré de chaleur qu'ils donnaient
auparavant à leurs bains.

Ces causes locales, ces différences plus ou
moins saillantes, ces circonstances en appa-
rence secondaires, n'échappent point à l'œil

exercé du médecin, et bien qu'elles soient souvent inaperçues du public, elles n'en influent pas moins d'une manière positive sur la marche à suivre dans la cure d'eau thermale.

VIII.

Le bain tiède pouvant se composer à Aix de l'eau des deux sources, chargées inégalement de principes médicamenteux, il serait facile de changer son action, ordinairement calmante et sédative, en une action irritante, dont l'influence deviendrait pernicieuse, si les organes du malade se trouvaient déjà dans un état d'orgasme ou de sur-excitation. D'autre part, l'extrême sensibilité des femmes, la mollesse de leur tissu, doivent faire pressentir que les bains très-chauds, tels que ceux qu'on prend à l'Etablissement, dans les pièces appelées *Bouillons*, ou les bains très-froids, tels qu'on les administre quelquefois dans la douche écossaise, doivent leur être prescrits avec une extrême réserve.

IX.

Il n'est pas prudent de manger au bain : en effet, l'énergie vitale se portant alors au-dehors par le mouvement qui s'établit du centre à la circonférence, le travail de la digestion ne pourrait manquer de troubler cet effort salutaire, en agissant en sens inverse de l'effet qu'on veut produire. Par une raison analogue, on voit qu'il serait très-dangereux d'entrer dans l'eau, lorsqu'on sort du repas : car l'estomac devient alors un centre de fluxion, où les forces de la vie se concentrent et où les liquides affluent de toutes parts ; ce ne serait donc pas impunément qu'on intervertirait l'ordre de la nature.

Depuis quelques années, l'usage du lait, du bouillon, du café pris dans la douche ou l'étuve, est devenu assez à la mode : cet usage n'a rien qui soit blâmable ; il favorise au contraire la sueur. Le même précepte s'applique au déjeûner que nous permettons aux enfans, quand ils passent plusieurs heures dans la piscine à natation : cependant, comme il est des cas où la nourriture prise dans le bain serait nuisible, c'est au médecin judicieux à décider quand il convient de s'en abstenir.

X.

Les personnes nerveuses et celles qui sont d'un tempérament sanguin, tombent quelques fois en syncope, pendant qu'elles prennent la douche. Cet accident ne doit point alarmer, pourvu qu'il ne soit pas trop souvent répété. La cause de ce phénomène existe dans l'impression que produit sur les poumons et par sympathie sur les nerfs du cœur et du cerveau, un air chargé de vapeurs fétides et moins oxigéné que celui qu'on a coutume de respirer. Quelques fois il est dû à l'état saburral des premières voies, et exige pour disparaître, l'emploi des laxatifs ; d'autres fois il est l'effet d'une colonne d'eau thermale trop chaude, imprudemment dirigée sur la région de l'estomac, ou au milieu de l'épine dorsale; enfin, il peut être aussi le résultat d'altérations organiques. Dans ce dernier cas, on doit discontinuer la douche. Il est généralement bon d'ailleurs d'en suspendre l'usage pour quelques jours, ou d'alterner avec les bains, les étuves, les douches locales, d'après les observations du médecin sur l'étiologie ou sur les causes cachées qui pourraient rendre l'effet des eaux dangereux.

XI.

Lorsqu'une affection morbide est ancienne et qu'elle a jeté de profondes racines, elle exige plus de docilité de la part du malade, plus de constance dans le traitement; la cure sera plus longue, et c'est dans ce cas surtout que le remède, ainsi que l'a dit un Auteur, doit *être chronique comme le mal*. On ne gagne rien alors à précipiter ; souvent, au contraire, on aggrave la maladie.

Si le retour vers la santé se fait long-temps attendre, si même il ne se montre point pendant l'usage des eaux, c'est que la fièvre thermale et l'agitation extraordinaire qu'elle produit dans l'organisme, empêchent le malade d'en saisir les effets : mais à peine ce tumulte s'est-il apaisé ; à peine le calme a-t-il succédé aux réactions vitales, que les signes de la santé reparaissent.

La règle générale à suivre dans ce cas, est de continuer l'usage des eaux, tandis qu'elles ne fatiguent pas, et aussi long-temps qu'elles produisent de l'amélioration. Malheureusement on ne suit pas toujours les conseils dictés par l'expérience. Un grand nombre de malades émerveillés d'un succès souvent inespéré, et voyant marcher rapidement la guérison, discontinuent trop vîte l'emploi des eaux : d'autres, peu confians dans les lumières de leur médecin, se laissent aller au découragement, parce que les eaux n'opèrent pas au gré de leurs vœux ; d'autres enfin, poussés par le désir d'obtenir une guérison qui se fait trop attendre, dépassent, dans leur usage, les limites convenables, et commettent une foule d'excès, en prolongeant l'emploi des bains, des douches et des boissons minérales.

XII.

XII.

Un autre écueil dans lequel tombent fa=
cilement les étrangers qui viennent aux Eaux,
c'est l'abandon facile et irréfléchi avec lequel
ils se livrent aux conseils des donneurs d'avis
qui, sans aucune connaissance en Médecine et
sans avoir égard à l'âge, au sexe, au tempérament, prolongent souvent, par leurs pres-
criptions intempestives, des maux qui eussent
cédé à un traitement rationnel, méthodique et
éclairé.

XIII.

Souvent il arrive, par l'usage immodéré
des eaux prises en boisson, que les évacuations
alvines, au lieu d'être naturelles, prennent tous
les caractères de la dyssenterie accompagnée de
tiraillemens d'entrailles, de nausées et de rapports fétides ; il est prudent dès-lors d'en suspendre l'emploi, et il convient de prendre des
lavemens d'amidon laudanisés, des infusions
mucilagineuses, amilacées, etc. Si l'irritation du
tube digestif se propage, par sympathie, au la-
rynx, aux bronches et, plus tard, au paren-
chyme des poumons, on a recours aux saignées, aux applications sédatives, aux vapeurs
émollientes et aux autres moyens antiphlogis-
tiques.

U

XIV.

Il survient quelques fois , par l'effet des eaux, une éruption de petits boutons (*herpes plyctenodes*) ou de simples rougeurs (*erithema vulgaris*) sur diverses parties de la peau. Ce symptôme est un effort de la nature qu'il faudrait bien se garder de réprimer. L'irritation révulsive qui en est la suite ne peut manquer de produire d'heureux résultats , lorsqu'elle est maintenue dans de justes bornes. Connue sous le nom de *poussée des eaux* , elle constitue même une sorte de crise artificielle qu'on regarde comme un objet important de la cure , dans certaines eaux minérales , comme à Louëch; et c'est, pour éviter toute répercussion, qu'il est alors convenable de se tenir plus chaudement, d'éviter la fraîcheur du soir et tout ce qui serait de nature à supprimer cet exanthème.

XV.

Il est un grand nombre de maladies pour lesquelles il serait nuisible de prendre les eaux d'Aix , d'une manière continue et sans aucun intervalle. Ceci a lieu, quand le malade est d'une constitution délicate, nerveuse et très-irritable, lorsque les forces diminuent d'une manière sensible, lorsqu'il survient des pesanteurs de tête, des vertiges, de l'inappétence pour

les alimens ; alors il faut nécessairement inter-
caler un jour ou deux, et même d'avantage,
entre le bain, la douche ou l'étuve. On peut
même établir, en thèse générale, qu'il est nécessaire d'interrompre l'emploi des bains, de
quelque espèce qu'ils soient, dès qu'on perd les
forces, le sommeil ou l'appétit.

XVI.

Il est enfin des affections pour lesquelles
les eaux d'Aix sont tout-à-fait contre-indi-
quées, et des personnes auxquelles elles ne va-
lent absolument rien : telles sont celles qui
sont d'une complexion débile et cachecti-
que, et épuisées par des pertes ou de longues
souffrances ; celles qui ont une tendance au
carus, au *coma* et autres affections soporeu-
ses ; celles qui sont atteintes d'hémoptysie, de
maladies aiguës, d'abcès internes, d'anasar-
que, d'hydrothorax. On doit les défendre aux
poitrinaires, lorsqu'il y a fièvre lente ou hec-
tique, émaciation, sueurs nocturnes et par-
tielles, diarrhée colliquative, en un mot, lorsqu'ils ont atteint la dernière période de la
phthysie pulmonaire.

XVII.

Un préjugé assez généralement répandu est
celui-ci, *qu'on ne doit associer à l'usage des*

*eaux aucun autre moyen thérapeutique intérieur
ou extérieur :* cette opinion est loin d'être confirmée par l'expérience qui prouve, au contraire, qu'un certain nombre de cures exige,
outre l'emploi des eaux, celui de moyens auxiliaires : tels sont de légers purgatifs, quand
il y a saburre ; des saignées, quand il y plé-
thore ; des préparations narcotiques et anti-
spasmodiques, dans les névroses ; l'iode dans les
scrofules et les engorgemens atoniques des
glandes. Enfin, des faits qui datent depuis
longues années, dans la brillante pratique de
mon Père., lui ont prouvé de quel avantage
était encore quelques fois l'électricité, associée
aux secours que la Médecine tire des eaux
thermales, dans les dartres rebelles, l'épilepsie,
les névralgies faciales ou tic douloureux ; et
l'emploi du mercure dans les maladies véné-
riennes compliquées de scrofules, de goutte et
de rhumatisme.

Ces faits sont nouveaux pour la science, et
c'est sous ce rapport que j'ai cru devoir les si-
gnaler à l'attention des gens de l'art, en entrant dans quelques détails propres à expliquer
ce qu'ils paraissent avoir de paradoxal ou de
contraire aux opinions reçues.

Il est vrai que la siphilis, les névroses et les
affections scrofuleuses articulaires, avec engorgement ou dépôts sans issue, lorsqu'elles sont

traitées uniquement par les eaux, à la manière des rhumatismes, des paralysies, des
dermatoses, etc., sont toujours exaspérées au
plus haut point : mais ce sont ces faits mêmes
qui portèrent les médecins à chercher des secours dans un autre ordre de remèdes.

Mon Père est le premier qui ait associé à Aix
l'usage du mercure à celui des eaux, pour la
guérison des affections siphilitiques, et l'on
peut dire que ses succès ont dépassé ses espé-
rances. Les bains, la boisson des eaux, la
douche et l'étuve ; des préparations mercuriel-
les, variées suivant l'âge, les goûts, les habitudes du malade ; quelques pilules altérantes et
diaphorétiques, des boissons lénitives, de légers laxatifs.... constituent toute sa méthode.
C'est par ces moyens simples, et modifiés d'a-
près les circonstances, qu'il est parvenu, après
un traitement de cinq à six semaines, à
faire disparaître les symptômes de la siphilis devenue constitutionnelle, et caractérisée
par des ulcères rongeans et serpigineux, des
exostoses, des douleurs nocturnes ostéocopes,
des bubons, des végétations verrugueuses et
autres ; l'ophtalmie blennorrhagique, la carie,
l'irritide, etc. ; symptômes qui avaient résisté
jusques-là à tous les remèdes auxquels on avait
eu recours.

Un fait très-remarquable dans cette médication, par les eaux et le mercure, c'est l'absence de toute salivation, malgré les doses souvent énormes de ce métal introduites dans le corps. Il ne peut s'expliquer que par l'abondance des sueurs qui, ne permettant pas au mercure de séjourner long-temps dans l'économie, l'empêche d'y exercer une action délétère ; ou peut-être par une combinaison chimique qui transformerait en sulfure, le mercure et le soufre absorbés. On sait en effet que l'action du cinabre, sur le corps humain, diffère essentiellement de celle du mercure à l'état d'oxide ou à l'état de sel. Ce fait qui est parfaitement d'accord avec l'opinion des célèbres professeurs Cullerier, Chrétien, Earle et Lawrence, prouve que la salivation qu'on croyait jadis si nécessaire au traitement de la siphilis, ne doit plus être regardée que comme un résultat secondaire, qu'il est bon de faire cesser dans la plupart des cas ; ne fût-ce que pour épargner aux malades les effets pernicieux que cette sécrétion morbide exerce dans la cavité buccale, et spécialement sur la membrane alvéolaire.

Un autre genre d'affection, traité avec beaucoup de succès à Aix, est celui des maladies nerveuses caractérisées par des rétractions spasmodiques des membres, suite de la mobilité des nerfs, de leur excessive sensibilité et procurée par des frayeurs ou autres causes subites agissant sur le système cérébral. La méthode de mon Père, pour traiter ces sortes de maladies, consiste dans une sage combinaison de l'emploi des eaux thermales, sous différentes formes, avec la douche écossaise, le galvanisme et l'électricité. J'ai vu moi-même tant de cas frappans d'hémicranie, de tic douloureux et d'affections erratiques nerveuses, guéris par ces moyens, que je suis porté à penser que s'il existe un spécifique pour les maux de ce genre, c'est dans l'électro-galvanisme, joint à l'action des eaux, qu'il convient de le chercher.

On ne saurait donc trop appeler l'attention des savans sur ce genre d'étude qui semble promettre à la génération qui commence de si beaux résultats, pour la guérison de maladies dont on ne s'occupait autrefois que comme d'un point historique de l'art; et sur la nature desquelles les découvertes de Gall, Spurzeim, Magendie, Flourens, Rolando, Georget, Alexandre Bertrand, Des Moulins, ont déjà fourni les données les plus précieuses.

DE LA CURE D'EAU THERMALE.

———— ⋘⊷⊷ ————

Saison des Eaux.   Rien ne règle mieux le temps où l'on doit
venir aux eaux d'Aix que la saison du prin-
temps. On peut s'y rendre de bonne heure,
toutes les fois qu'elle n'a pas été pluvieuse et
que les neiges n'ont pas été fort abondantes. On y viendra un peu plus tard, lorsque
le printemps aura été froid et humide. Cependant on peut faire usage des eaux dans toutes
les .saisons, pourvu qu'on prenne les précautions nécessaires pour se garantir du froid et
des variations atmosphériques. Il n'y a pas
d'année que plusieurs malades n'y passent tout
l'hiver, comme cela se pratique à Bath, bien
que la chaleur des eaux n'y soit pas aussi forte
qu'à Aix, et jamais ils n'ont eu lieu de s'en
repentir, lorsqu'ils l'ont fait, d'après l'avis
d'un Médecin prudent et éclairé. Il est des cas
impérieux, où il y aurait même témérité d'attendre une époque plus éloignée, tels sont les
cas d'emiplégie récente, sans turgescence à la
tête, de paralysie, suite de lésions traumati-
ques, de rhumatismes chroniques violens et
d'affections nerveuses anomales.

Durée du traite-   La durée de chaque cure est ordinairement
ment.   de 20 à 25 jours. Ce laps de temps, en quelque

que sorte consacré par l'usage dans la plupart des établissemens thermaux, suffit rarement pour obtenir une guérison complète, à moins qu'on n'y ait à traiter des affections récentes et peu intenses. Il conviendrait souvent d'administrer les eaux à plus petite dose, d'une manière plus douce, et d'en prolonger l'usage, ainsi que le remarquent Bordeu, Monro, Guersent, Saunders et Alibert. Du reste, il en est des eaux d'Aix, comme de tous les autres moyens médicamenteux qui sont loin de pouvoir être administrés de la même manière, à tous les malades, et dans tous les cas.

Lorsque le mal a quelque intensité, il est rare qu'on ne soit pas obligé de revenir aux Eaux plusieurs fois dans la même année. C'est ce qu'on appelle faire une, deux ou trois *cures* ou *saisons*. Dans ce cas, si l'état des forces le permet, on a coutume de profiter de l'intervalle d'une cure à l'autre pour faire quelques voyages, que favorisent singulièrement la situation d'Aix, qui est à la portée des régions alpines les plus frequentées par les curieux.

Un grand nombre va visiter les Glaciers de Chamonix, descend dans le Vallais, par le passage de la Tête noire ou le Col de Balme, fait le tour du lac Léman, et revient à Aix par Genève. D'autres, passant par Chambéri et les *Echelles*, gravissent la montagne de la Char-

V

treuse et reviennent par la riante vallée du Graisivaudan, par l'Hôpital et Anneci.

Comme les Bains commencent à être fréquentés, dès le mois de mai, et ne cessent de l'être qu'en novembre, plusieurs étrangers poussent leurs excursions beaucoup plus loin. Il n'est pas rare d'en voir partir d'Aix, au mois de juin, pour aller parcourir la Suisse, passer le Simplon, visiter les Iles Borromées, Milan, Gênes, une grande partie de la Lombardie et du Piémont, et revenir encore prendre les eaux au mois d'août ou de septembre, en regagnant la Savoie, par Turin, Suze et le Mont-Cenis.

Convalescence des eaux et précautions après le traitement.

Le malade serait dans l'erreur si, après avoir achevé son traitement à Aix, il croyait n'avoir plus rien à faire pour en conserver les fruits.

On peut comparer le temps de la cure à une longue maladie, composée d'autant d'accès de fièvre, que le malade a pris de douches, et le temps qui la suit à une convalescence; mais, comme dans toute affection morbide, la convalescence est proportionnée à la durée de cette affection, de même aussi la fièvre artificielle que procure les bains est-elle suivie d'un état intermédiaire qui n'est ni celui de santé, ni celui de maladie, que nous nommons *convalescence des eaux*, et dont la durée est proportionnée à la longueur de la cure elle-même.

En général, le malade doit observer, pendant la convalescence, les mêmes précautions et le même régime qui lui ont été prescrits durant le traitement. Il faut donc qu'il suive les principes hygiéniques développés au commencement de ce Chapitre, sur lesquels je ne reviendrai pas ; mais qu'il évite surtout les causes de refroidissement et les excès en tout genre, afin de ne pas s'opposer au travail insensible qui s'opère dans l'organisme, par suite de l'administration des eaux. Il n'est pas rare que pendant cet intervalle il se manifeste des symptômes de saburre gastrique, tels que la perte de l'appétit, des nausées et l'enduit blanchâtre de la langue ; alors on fait aisément disparaître ces malaises par un ou deux minoratifs : au nombre desquels sont la crême de tartre, l'huile de ricin, les sulfates de soude, de potasse ou de magnésie.

La répétition journalière des douches, des bains ou des étuves détermine chez le malade des mouvemens *fébriles thermaux*, dont l'effet se continue long-temps encore : aussi, de retour chez lui, éprouve-t-il une disposition à suer aux époques de la journée où il suait à Aix, particulièrement s'il a soin de rester au lit, et s'il use de boissons légèrement diaphorétiques.

C'est à ce phénomène physiologico-pathologique, qui se vérifie constamment du plus au moins, après une cure méthodique et régulière, qu'on doit, en partie, attribuer ces guérisons qui surprennent, arrivées quelques semaines après l'usage des eaux, dans les cas de sciatiques fort anciennes, de *tophus* articulaires, de rhumatismes erratiques et autres affections que le traitement thermal avait exaspérées.

Quant aux soins diététiques, il convient d'y apporter une attention spéciale, lorsque la *poussée des eaux* s'est effectuée d'une manière tardive ; car alors le travail de dépuration n'étant pas complet, si la répercussion de l'exanthème a lieu, elle est presque toujours suivie d'accidens funestes. Enfin, on ne doit discontinuer ce régime et ces soins, qu'après un certain laps de temps et lorsque la disposition aux sueurs spontanées a complétement disparu. On évitera par ce moyen des rechutes d'autant plus faciles et dangereuses, pendant la convalescence, que le mal, reparaissant avec une violence nouvelle, trouve des organes plus affaiblis et moins disposés aux réactions vitales.

BIBLIOGRAPHIE.

AUTEURS QUI ONT ÉCRIT SUR LES BAINS

D'AIX-EN-SAVOIE.

CABIAS Jean-Baptiste. Les vertus merveilleuses des Bains d'Aix-en-Savoie. Lyon, 1523. Deuxième Edition. Lyon, 1688.

BACCIUS ELPIDIANUS. De thermis omnibus. Venise, 1588.

BOYER. Della bontà dei bagni di Aix-in-Savoia. Nice, 1650.

GUICHENON. Histoire généalogique de la R^{le} Maison de Savoie. Lyon, 1660.

GARCIN. Lettres à la Société de Médecine de Londres, sur l'usage des Eaux d'Aix-en-Savoie, pour guérir les rhumatismes, 1720.

DE SAUSSURE H. B. Voyage dans les Alpes, vol. 3me. Neuchatel, 1743.

FANTONI Joannes. De Aquis Gratianis Libellus. Turin, 1745.

DAQUIN Joseph. Analyse des eaux thermales d'Aix. Chambéri, 1773, in-8°, 2me Edition. Chambéri, 1808.

DESPINE Joseph. Mémoire sur l'usage et les vertus des Eaux d'Aix, N° 4 du Journal de Lyon, année 5e.

Pictet (le Professeur.)	Deux lettres sur les Eaux d'Aix, Journal de Genève, 10 et 31 8bre, 1780.
Bonvoisin.	Analyse des principales Eaux minérales de la Savoie, en 1784. Mémoires de l'Académie des Sciences de Turin, v. 7, page 419, 1786.
Despine C. H. A.	Essai sur la Topographie médicale d'Aix-en-Savoie et sur ses eaux minérales. Montpellier, an X, (1802).
Albanis Baumont.	Description des Alpes Grecques et Cotiennes, tome 2me, partie 1re. Paris, an XI, (1803).
Socquet J.-M.	Analyse des eaux thermales d'Aix-en-Savoie. Chambéri, 1803.
Alibert.	Précis historique sur les eaux minérales. Paris, 1806, et Diction. des Sciences médicales, v. 11, p. 159.
Verneilh.	Statistique du Dépt du Mont-Blanc. Chambéri, an XIII et XIV.
Grillet (L'abbé.)	Dictionnaire historique de la Savoie. Chambéri, 1807.
Lelivec.	Notice sur les Eaux d'Aix, Journal des Mines, vol. 19, p. 493.
Bouillon-Lagrange.	Essai sur les eaux minérales naturelles et artificielles. Paris, 1811,
id.	Journal de Physique. Eaux d'Aix-en-Savoie, N° 58, p. 61.
id.	Dictionnaire des Sciences naturelles. Paris, 1816, v. 11, p. 105.
Millin A.-L.	Voyage en Savoie, en Piémont, etc. Paris, 1816, in-8°.

Patissier.	Manuel des Eaux minérales de la France. Paris, 1818, in-8°, p. 185.
Bertini Bernardin.	Idrologia minerale, etc. Turin, 1822, p. 275.
Francoeur.	Notice sur les Bains d'Aix-en-Savoie. Chambéri, 1824.
id.	Sur la présence de l'acide sulfurique dans les vapeurs des Eaux d'Aix. Annales des Mines, 2ᵐᵉ série, v. 5, p. 284, et Journal de Pharmacie, 1828, p. 340.
Ferrero Ponsiglione L.	Observations upon the town of Aix in Savoy and the springs of warm water there, translated from French into English, to which is added, an account of some astonishing cures in diseases, especially the gout. Gênes, 1825.
Bertolotti.	Viaggio in Savoia. Turin, 1828, v. 2, p. 64.
Le Cᵗᵉ Fortis.	Amélie, voyage à Aix-les-Bains, 2 v. Lyon, 1829.
Guersent père.	Dictionnaire de Médecine, 21 v. art. Eaux minérales. Paris, 1830.
Bakewell.	Sources thermales des Alpes. Philosophical Magasine and annals. Londres, 1830.
Le Cᵗᵉ Deloche.	Mémoires de l'Académie de Turin, 1805 et 1808.
	Mémoires de la Société Académique de Savoie; v. 1ᵉʳ, 1825; v. 3, 1828; v. 5, 1831. Chambéri.

DAUBENY.   Remarks on thermal springs and their connexion with volcanos. Edimbourg, 1832.

DUMAS Alexandre.   Revue des deux Mondes. Paris, 1832.

BERNARD J.-Mlle   Le Luth des Alpes. Essai poétique, historique et descriptif, sur les Eaux d'Aix-en-Savoie : ouvrage couronné par la Royale Académie de Savoie. Paris, 1834.

CARTES

Pl. VIII

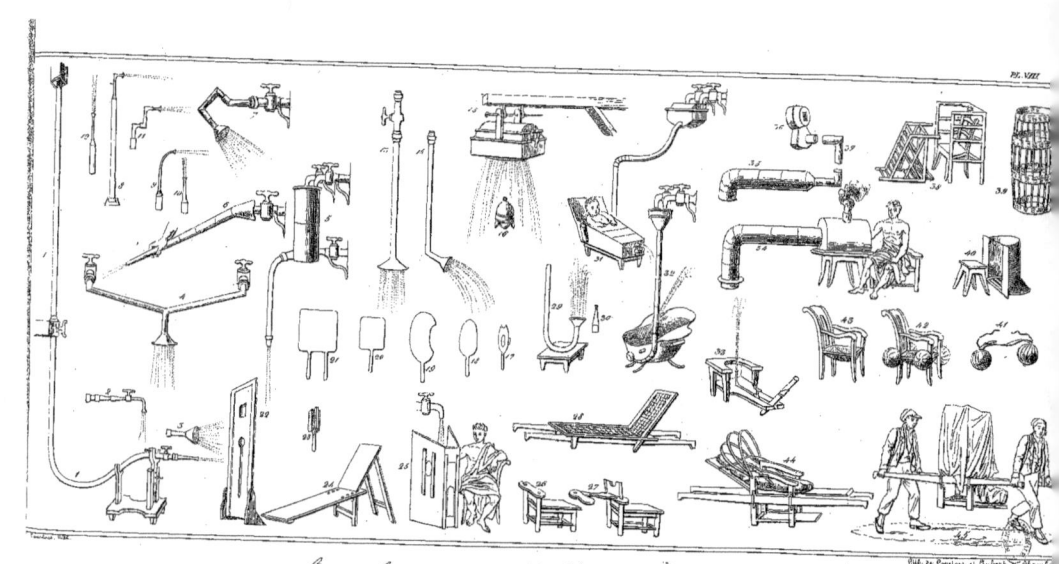

Appareils usités dans l'Etablissement thermal d'Eaux

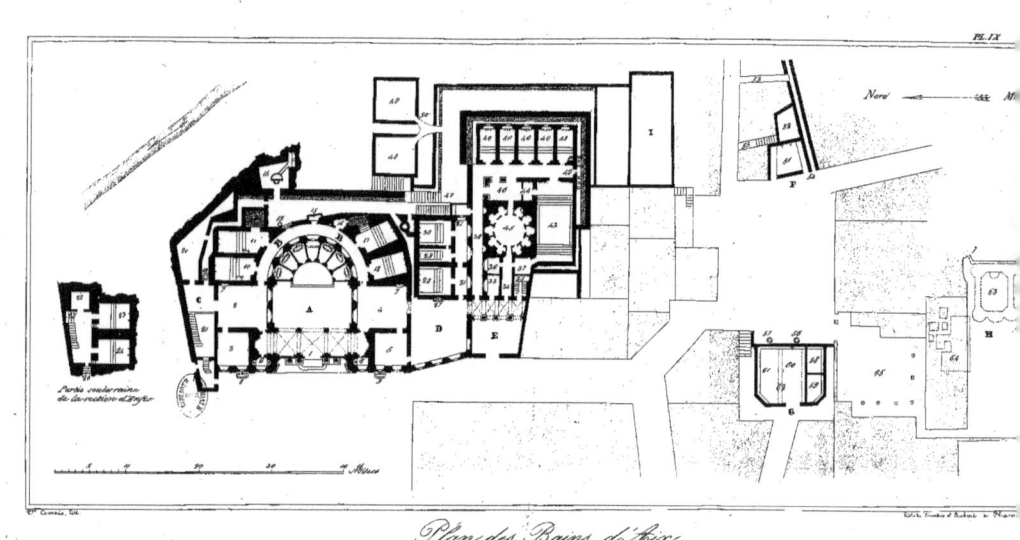

Nord

Partie souterraine
de la voûtaire d'Anglure

Plan des Bains d'Aix.

CARTES ET GRAVURES.

—————

Dunand Prosper.	Six vues des environs d'Anneci, dessinées d'après nature et Litographiées, 1826. Anneci.
id.	Environs d'Aix, douze gravures à l'eau forte, dont trois gravées par Lievremont. 1822. Anneci.
Charton.	Collection des vues pittoresques les plus intéressantes de la Suisse, de la Savoie, du Simplon, etc., d'après les meilleurs artistes. Genève.
Gimbernat.	Arc de Campanus chez Charton, à Genève.
Fonville.	Souvenirs d'Aix-les-Bains, dessinés d'après nature et lithographiés à Lyon, 1826.
Briquet et Dubois.	Souvenirs pittoresques d'Aix-les-Bains, Chambéri et la Chartreuse. Lithographie de Spengler, à Genève.
Chaix.	Carte géographique, imprimée en 1832 à Londres, dédiée à S. G. le Duc de Richemond avec des notes statistiques et historiques sur la Savoie, par Paul Chaix de Genève.
Raymond.	Carte topographique et militaire des Alpes en 12 feuilles, dont 2 spécialement consacrées à la Savoie. Paris, 1819.

X

MAGGI.

Carte de la Division de Savoie. Ces trois cartes, où sont indiqués les accidens des montàgnes et les vallées, sont fort utiles aux étrangers qui, depuis Aix, veulent faire des excursions dans les Alpes.

MASSOTTI.

Vues de la Cascade de Grésy.

Vues d'Haute-Combe. Turin, 1832.

COURTOIS ET AU-BERT.

Vues de la Savoie, publiées par livraisons. Chambéri, 1833.

CATALOGUE

DE QUELQUES INSECTES, MOLLUSQUES ET PLANTES RARES TROUVÉS DANS LES ENVIRONS D'AIX.

———

COLÉOPTÈRES.

———

Iʳᵉ. SECTION.

———

I. PENTAMÈRES.

Cinq articles à tous les tarses.

———

CARABIQUES.

—

CICINDELA, Fabr.
Campestris, *id.*
Transversalis, Ziegl.
Sylvicola, Meg.
Hybrida, F.
Germanica, *id.*
DRYPTA, F.
Emarginata, F.
ODACANTHA, F.
Melanura, F.
DROMIUS, Bonelli.
Elongatulus, Duft.
Melano-Cephalus, Dej.

LEBIA, Latr.
Cyanocephala, F.
Cruxminor, *id.*
Chlorocephala, Duft.
Hemorroidalis, F.
CYMINDIS, Latr.
Homagrica, Duft.
BRACHINUS, Bon.
Crepitans, F.
Psophia, Sanv.
Pectoralis, Ziegl.
CLIVINA, Latr.
Arenaria, F.
Thoracica, *id.*
Gibba, *id.*
CEPHALOTES, Bon.
Vulgaris, B.
STOMIS, Clairv.
Pumicatus, Panz.
CYCHRUS, F.
Elongatus, Dej.
Rostratus, F.
Attenuatus, *id.*

PROCRUSTES, Bon.
Coriaceus.

CARABUS, F.
Cyaneus, F.
Violaceus, id.
Purpurascens, id.
Catenulatus, id.
Monilis, F.
Consitus, Panz.
Arvensis, F.
Vagans, Oliv.
Cancellatus, Illig.
Auratus, F.
Auro-nitens, id.
Convexus, id.
Hortensis, id.

CALOSOMA, F.
Sycophanta, id.

NEBRIA, Latr.
Psammodes, Ros.
Picicornis, F.
Brevicollis. F.
Castanea. Bon.

LEISTUS, Froeh.
Spini-barbis.

PANAGAEUS, Lat.
Crux major.

LICINUS, Latr.
Agricola, Oliv.
Cassideus, F.
Solieri, Roli.

BADISTER, Clairv.
Bipustulatus.

LORICERA, Latr.
Pilicornis.

CALLISTUS, Bon.
Lunatus.

OODES. Bon.
Helopioides.

CHLOENIUS, Bon.
Spoliatus, F.
Velutinus, Duft.
Vestitus, F.
Schrankii, Duft.
Melano-cornis, Meg.
Nigricornis, F.
Holosericens. id.
Tibialis, Dej.
Chrysocephalus, Ros.

AMARA, Bonelli.
Eurinota, Panz.
Vulgaris, F.
Familiaris, Duft.
Bifrons, Cyll.
Aulica, Illig.
Apricaria, F.

ANCHOMENUS, Bon.
Prasinus, F.
Pallipes, id.

DOLICHUS, Bon.
Flavi-cornis. F.
Fuscus., id.

SPHODRUS, Clairville.
Planus, id.

AGONUM, Bon.
Marginatum, F.
Austriacum, id.
Parum-punctatum, id.
Viduum, Panz.
Lugubre, Daft.
Pelidnum, Payk.

CALATHUS, Bon.
Cistcloïdes, Ill.
Melano-Cephalus, F.
  ARGUTOR, Meg.
Eruditus, id.
Vernalis, F.
  POECILUS, Bon,
Cupreus, F,
Lepidus, id.
Viaticus . Bon.
  OMASEUS, Ziegl.
Nigrita, F.
Anthracinus, Illig.
Melanarius, id.
  PLATYSMA, Bon.
Nigra, F.
  PTEROSTICHUS, Bon.
Oblungo-punctatus , F.
Parum-punctatus , Dej.
  ABAX, Bon
Metallicus, F.
Ovalis, Duft.
Striola, F.
Parallelus, Duft.
  STEROPUS, Meg.
Æthiops, Duft.
Madidus, F.
Concinnus, Sturm.
  MOLOPS, Bon.
Terricola, F.
  ZABRUS, Clairv.
Gibbus, F.
  STENOLOPHUS, Zieg.
Vaporariorum, F.
  OPHONUS, Zieg.
Sabulicola, F.

Columbinus, Germ.
Rotundicollis, Dej.
Chlorophanus, Panz.
Puncticollis, Payk.
Monticola, Dej.
Maculi-Cornis, Duft.
Germanus, F.
  HARPALUS, Lat.
Ruficornis, F.
Griseus, Panz.
Æneus, F.
Smaragdinus, Duft.
Distinguendus, id.
Honestus, id.
Perplexus, Dej.
Calceatus, Duft.
Rubripes, id.
Semi-violaceus, Brong.
Serripes, Duft.
Impiger, id.
Vernalis, id.
Bi-notatus, F.
Gilvi-pes, Ziegl.
  TRECHUS, Clairv.
Secalis, Gyl.
Rubens, F.
  BEMBIDIUM, Bon.
Foraminosum, Meg.
Striatum, Duft.
Andreæ, Gyll.
  PERYPHUS, Meg.
Eques, Sturm.
Varicolor, Illig.
Rupestris, Illig.
Cruciatus, Dej.
Decorus, Panz.

Rufipes , GYLL.
    LOPHA , MEG.
4—Guttata , F.
4—Pustulata , DEJ.
4—Maculata . GYL.
    NOTIOPHILUS, DUM.
Aquaticus, F.
Bi-guttatus , F.
Bi-punctatus , DEJ.
    ELAPHRUS , FAB.
Uliginosus , id.
Riparius , id.
    BLETHISA , BON.
Multipunctata , F.
    OMOPHRON , LATR.
Limbatum.

II. HYDROCANTHARES.

    DYTISCUS , FAB.
Marginalis, F.
Punctulatus, id.
Roeselii , id.
Fuscus, id.
Sulcatus , id.
    COLYMBETES , LATR.
Niger . ILL.
Bi-pustulatus , F.
Maculatus , id.
Notatus, id.
Agilis, id.
Oblongus , ILL.
    GYRINUS , FAB.
Natator, id.

III. BRACHELYTRES.

    STAPHYLINUS, F.
Maxillosus, F.
Hirtus , id.
Pubescens, id.
Murinus , id.
Erythropterus , id.
Stercorarius, GRAV.
Fossor , id.
Æneocephalus , id.
Chalco-cephalus , id.
Rufipes , LATR.
Olens , F.
Cyaneus , id.
Similis , id.
Fuliginosus, GRAV.
Splendeus , F.
Acneus , GRAV.
Politus , F.
Cærulescens , DEJ.
    POEDERUS, F.
Ruficollis , id.
Riparius. id.
    OXYPORUS, F.
Rufus, id.
    STENUS , F.
Biguttatus , id.
    TACHYPORUS , GRAV.
Humeralis, GRAV.
Marginellus, id.
Marginatus, id.
    ALEOCHARA , GRAV.
Canaliculalata , id.

IV. *STERNOXES.*

—

BUPRESTIS, F.

Tæniata , F.
9—Maculata , *id.*
Tenebrionis , *id.*
Tenebricosa , *id.*
Aenea , Lin. Oliv.
Rutilans , F.
Rustica, *id.*
Rubi , *id.*
Elata , *id.*
Biguttata , *id.*
Viridis , *id.*
Cyanea , Oliv.
Angustula , Illig.
Linearis , F.
Hyperici , Creutz.
Pusilla , Gyll.
Niticlula , F.
Nitida , Ros.
Candeus , F.
Salicis , *id.*
Sepulchralis , *id.*

TRACHIS, F.

Minuta. *id.*

ELATER , F.

Pectinicornis , *id.*
Hæmatodes , *id.*
Cactaneus , *id.*
Murinus , *id.*
Æneus , *id.*
Tesselatus , *id.*
Cylindricus , Payk.
Hirtus , Herbst.

Niger , F.
Obscurus , *id.*
Pilosus , *id.*
Aterrimus , Lin.
Filiformis , F.
Humeralis , Per.
Longicollis , F.
Marginatus , *id.*
Limbatus , *id.*
Var-Humeralis , Ziegl.
Pygmaus , *id.*
Sanguineus, F.
Crocatus , Ziegl.
Præustus , F.
Elongatulus , *id.*
Balteatus , *id.*
Austriacus, Ziegl.
Variabilis , F.
Segetis , Gyll.
Sputator , F.
Holoserieus , *id.*
Rufipes , *id.*
Thoracicus , *id.*
Pulchellus , *id.*
4—Pustulatus , *id.*

CEBRIO , F.

Gigas, *id.*

ATOPA , F.

Cervina , *id.*
Cinerea , *id.*

—⊷⊶—

V. *MALACODERMES*

—

LYCUS. F.

Sanguineus, *id.*

6

Aurora. (*rare*), *id*
Minutus , *id.*

OMALISUS, F.
Suturalis , F.

LAMPYRIS, F.
Noctiluca, *id.*
Hemiptera , *id.*

CANTHARIS, F.
Fusca, *id.*
Dispar, *id.*
Nigricans, *id.*
Obscura, *id.*
Alpina, PAYK.
Livida, F.
Melanura, *id.*
Bi—guttata , *id*
Testacca, *id.*

MALACHIUS.
Æneus, F.
Bi-pustulatus, *id.*
Elegans, OLIV.
Viridis, F.
Marginellus, *id.*
Pulicarius, *id.*
Rubricollis , GYL.
Fasciatus, F.
Pedicularius, *id.*

DASYTES.
Nigricornis, F.
Cæruleus, *id.*
Niger, *id.*
Æneus, OLIV.

VI TEREDILES.

LYMEXYLON, F.
Navale, *id.*

PTINUS, F.
Imperialis, *id.*
Regalis, ZIEGL.
Rufipes, F.
Fur, *id.*
Testaceus, ZIEGL.

GIBBIUM, LATR.
Scotias, F.

TILLUS, F.
Elongatus, F.

CLERUS, F.
Mutillarius, *id.*
Formicarius, *id.*

NOTOXUS, F.
Mollis, *id.*

TRICHODES, F.
Alvearius, *id.*
Apiarius, *id.*

CORYNETES, F.
Violaceus, *id.*

VII. NECROPHAGES

NECROPHORUS , F.
Germanicus. F.
Humator, *id.*
Vespillo, *id.*
Sepultor, DEJ.
Mortuorum, F.

SILPHA.
Littoralis, F.
Thoracica, *id.*
Rugosa, *id.*
Sinuata, *id.*
Reticulata, *id.*
Granulata, OLIV.

Obscura, F.
Alpina, Bon.
Lœvigata, F.
Atrata, F.

PELTIS.
Grossa, F.
Ferruginea, F.
Sabauda, Perret.

THYMALUS, F,
Lymbatus, F.

IPS, F.
4—Pustulata, id.

STRONGYLUS, Herbst.
Glabratus, F.

NITIDULA, F.
Varia, id.
Marginata, id.
Obsoleta, id.

BYTURUS, Lat.
Tomentosus, F.

SCAPHIDIUM, F.
4—Maculatum, id.

DERMESTES, F.
Lardarius, id.
Vulpinus, id.
Murinus, id.
Tesselatus, id.

ATTAGENUS, Lat
20—Guttatus, F.
Undatus, id.
Pellio, id.

VIII. *CLAVICORNES.*

—

ANTHRENUS, F.
Scrophulariæ, id.

Pimpinellæ, id.
Museorum, id.
Varius, id
Glabratus, id.

HISTER.
Lunatus, F.
4—Maculatus, Payk.
Unicolor, F.
Cadaverinus, Payk.
4—Maculatus, F
Sinuatus, Payk.
Fimetarius, id.
Conjungens, Payk.

BYRRHUS, F.
Ornatus, Panz.
Pilula, F.
Varius, F.
Nitens, F.

PARNUS, F.
Prolifericornis, F.
Auriculatus, Illig.

—

IX. *PALPICORNES.*

—

ELOPHORUS.
Grandis, Illij.
Minutus, F.
Nubilus, id.

HYDROCHUS, Germ.
Elongatus, F.

HYDROPHILUS, F.
Piceus, id.
Caraboïdes, id.
Picipes, id.

Melano-cephalus, *id.*
Signati-collis, Meg.
Bi-punctatus, F.

SPHŒRIDIUM, F.

Scarabæoides, *id.*
Bi-pustulatum. *id.*
Hemorroidale, *id.*
Atomarium, *id.*
Unipunctatum, *id.*

X. *LAMELICORNES.*

—

ATEUCHUS, F.
Laticollis, *id.*
Pillularius, *id.*
SISYPHUS, Latr.
Schæfferi, F.
COPRIS, F.
Lunaris, *id.*
Emarginata, *id.*
ONITICELLUS, Ziegl.
Flavipes, *id.*
Pallens, F.
ONTHOPHAGUS, Latr.
Taurus, F.
Capra, *id.*
Lemur, *id.*
Vacca, Oliv.
Nutans, *id.*
Nuchicornis, F.
Schreberi, *id.*
Furcatus, *id.*
Ovatus, *id.*

APHODIUS, F.
Fossor, *id.*
Sulcatus, *id.*
Fimetarius, *id.*
Scybalarius, *id.*
Merdarius, *id.*
Pubescens, Ziegl.
Consputus, F.
Contaminatus, *id.*
Nigripes, *id.*
Pecari, *id.*
Erraticus, *id.*
Scrutator. (*rare*), *id.*
Subterraneus, *id.*
Hæmorroidalis, *id.*
Arenarius, *id.*
Bi-maculatus, *id.*
4—Maculatus, *id.*
Sus, *id.*
Scrofa, *id.*
PSAMMODIUS, Gyll.
Asper, F.
Porcatus, *id.*
Cæsus, *id.*
TROX, F.
Perlatus, Strum.
Sabulosus, F.
Hispidus, F.
Arenarius, F.
OCHODŒUS, Meg.
Chrysomelinus, F.
GEOTRUPES, Lat.
Typhæus, F.
Stercorarius, *id.*
Sylvaticus, *id.*

Vernalis , F.

　　ORYCTES , Illig.

Nasicornis , F.

　　MELOLONTHA , F.

Fullo , *id.*

Vulgaris , *id.*

Hipocastani , *id.*

Pilosa , *id.*

Æquinoctialis , *id.*

Æstiva , Oliv.

Atra , F.

Pini , *id.*

Solstitialis , *id.*

Rufescens , Lat.

Pagana , Oliv.

　　ANOMALA , Meg.

Julii , F.

　　ANISOPLIA , M. L.

Agricola , F.

Fruticola , *id.*

Horticola , *id.*

　　AMALOPLIA , Meg.

Brunnea , F.

Variabilis , *id.*

Ruricola , *id.*

　　HOPLIA , Ill.

Farinosa , F.

Squamosa , *id.*

Praticola , Duft.

Argentea , Oliv.

Graminicola , F.

Rupicola , Bon.

　　OMPHICOMA , Lat.

Abdominalis , F.

　　TRICHIUS , F.

Eremita , *id.*

Nobilis , *id.*

Succinctus , Latr.

Gallicus , Dej.

Hemipterus , F.

　　CETONIA , F.

Metallica , *id.*

Marmorata , *id.*

Viridis , *id.*

Aurata , *id.*

Hirta , *id.*

Stictica , *id.*

　　LUCANUS , F.

Cervus , *id.*

Capreolus , *id.*

Parallelipipedus , *id.*

　　SINODENDRON , F.

Cylindricum , *id.*

2ᵗʰᵉ SECTION.

HÉTÉRAMÈRES.

Cinq articles aux deux premières paires de tarses : et quatre seulement aux postérieures.

—

　　ASIDA , Latr.

Grisea , F.

　　BLAPS , F.

Mortis-aga , F.

Similis , Lat.

　　OPATRUM , F.

Sabulosum , *id.*

CRYPTICUS, Latr.
Glaber, F.
   TENEBRIO, F.
Obscurus, id.
Molitor, id.
Curvipes, id.
   DIAPERIS, F.
Boleti, id.
  BOLETOPHAGUS, F.
Agaricola, Latr.
   MELANDRYA, F.
Serrata, id.
   HELOPS, F.
Cæruleus, id.
Lanipes, id.
Picipes, Bon.
Caraboïdes, Panz.
Ater, F.
   CISTELA, F.
Ceramboïdes, id.
Lepturoïdes, id.
Sulphurea, id.
Evonymi, id.
Rufipes, Sturm.
   LAGRIA, F.
Hirta, id.
   PYROCHROA.
Coccinea, id.
Rubens, id.
   ANTHICUS, F.
Monoceros, id.
Cornutus, id.
Floralis, id.
   MORDELLA, F.
Axillaris, Gyll.
Fasciata, F.

Aculeata, F.
Humeralis, Lin.
   ANASPIS, Geoff.
Flava, F.
Humeralis, id.
Ruficolis, id
   CEROCOMA, F.
Schaefferi, id.
Schreberi, id.
   MYLABRIS, F.
Variabilis, Bilb. Oliv.
   LYTTA, F.
Vesicatoria, id.
   MELOE, F.
Scabrosa, Ill.
Tuccia, Rossi.
Punctata, Sturm.
Gallica, Dej.
Cyanea, F.
Fracticornis, V. M.
Proscarabæus, F.
Tecta, Stbum.
Autumnalis, Oliv.
Brevicollis, F.
   ÆDEMERA, Oliv.
Melanura, F.
Collaris, Panz.
Melano-cephala, F.
Ustulata, id.
Ruficollis, id.
Fulvi-collis, id.
Sanguini-collis, id.
Cærulescens, id.
Thalassina, id.
Viridissima, id.

{ Podagrariæ, F.
{ Testacea, *id.*
Marginata, *id.*
Cærulea, *id.*
Virescens, *id.*
Cyanea, *id,*

3ᵉ SECTION.

TETRAMERES.

Quatre articles à tous les tarses.

I. CURCULIONITES.

ANTHRIBUS, F.
Albinus, *id.*
Niveirostris, Ziegl.
Latirostris, F.

BRUCHUS, F.
Pisi, *id.*
Granarius, *id.*
Villosus, *id.*
Cisti, *id.*

APODERUS, Oliv.
Avellanæ, Lin.

ATTELABUS, F.
Curculioïdes, *id,*

RYNCHITES, Herbst.
Bachus, F.
Betuleti, *id.*
Populi, *id.*
Æquatus, *id,*

Arquatus, Sturm.
Betulæ, F.

APION, Herbst.
Flavipes, F.
Pomonæ, *id.*
Craccæ, *id.*
Sorbi, *id.*
Pisi, Germ.
Cyaneum, F.

ORCHESTES, Illig.
Viminalis, F.
Ilicis, *id.*
Salicis, *id.*

CIONUS, Clairv.
Scrophulariæ, F.

SIBINIA, Germ.
Elegans, De Crist.
5—Punctata, F.
Picirostris, *id.*

FALCIGER, Meg.
Iota, Dej.
Suturalis, F.
Assimilis, *id,*
Globulus, Germ.

CAMPYLIRHYNCHUS, Meg.
Pericarpius, F.
Castor, *id.*

CRYPTORHYNCHUS, Germ.
Lapathi, F.

BALANINUS, Germ.
Nucum, F.
Gulosus, Ziegl.
Villosus, F.
Crux, *id.*

DORYTOMUS., Germ.
Vorax, F.
Tortrix, id.
Tremulæ, id.
Tæniatus, id.
ANTHONOMUS , Germ.
Druparum , F.
Pomorum, id.
Avarus, id.
PISSOCLES, Germ.
Notatus, F.
HYLOBIUS, Germ.
Abietis , F.
Pineti , id.
LIPARUS, Oliv.
Fasco-maculatus, F.
Germanus, id.
LEPYRUS, Germ.
Immaculatus, De Crist.
Colon , F.
Bi—maculatus. id.
HYPERA, Germ.
Nigrirostris , F.
Polygoni, id.
Murina. id.
Variabilis, Sturm.
Punctata, F.

MERIONUS. Meg.
Obscurus, F.
Pyrenæus, Dej.

PACHYGASTER., Germ.
Goerzensis, F.
Sulphurifer, id.
Hortensis, De Crist.
Villoso—punctatus , Ziegl.

Armadillo . Ros.
Tenebricosus, Gyl.
Unicolor , Herbst.
Hispidulus , Dej.
Griseus, Oliv.
Ovatus, F.
Ovulum , Meg.
POLYDRUSUS, Germ.
Pyri, F.
Prasinus, Oliv.
Viridis , Meg.
Flavipes , Sturm.
Smaragdinus , Meg.
Planifrons , Dej.
Micans , F.
Mali , id.
Oblongus, id.
Undatus, id.
TANYMECUS, Germ.
Palliatus, F.
SITONA, Germ.
Gressoria, F.
Canina , id.
Lineata, id.
NAUPACTUS, Meg.
Incanus, F.
THYLACITES, Germ.
Geminatus, F.
Griseus. Meg.
Coryli, F.
TRACHYPHLOEUS, Germ.
Scabriculus, F.
CLEONIS, Meg.
Distincta , F.
Cinerea, id.

Sulcirostris, *id.*
Morbillosa, *id.*
Alternans, Oliv.

LIXUS, F.

Angustatus, *id.*
Ferrugatus, *id.*
Tigrinus, Meg.
Filiformis, F.
Paraplecticus, *id.*

BARIS, Germ.

Artemisiæ, F.
Absinthii, Ziegl.
Virescens, Dej.

CALANDRA.

Zamiarum, Perr.
Abbreviata, F.
Granaria. *id.*

II. *XYLOPHAGES.*

HYLURGUS, Lat.
Ater, F.

HYLESINUS, F.

Fraxini, *id.*
Varius, *id.*

SCOLYTUS, Géoff.
Pygmæus, F.

BOSTRICHUS, F.

Micrographus, *id.*
Retusus, Dej.

PLATYPUS, Herbst.
Cylindrus, F.

APATE, F.

Capucina, *id.*
Sinuata, *id.*

LATRIDIUS, Herbst.
Pubescens, Gyl.
Marginatus, Payk.

BITOMA, Herbst.
Crenata, F.

SILVANUS, Lat.
Unidentatus, F.

BRONTES, F.

Flavipes, *id.*
Pallens, *id.*

III. *CAPRICORNES.*

PRIONUS, F.

Coriarius, *id.*
Scabricornis, *id.*

HAMATICHERUS, Meg.
Heros, F.
Miles, Bon.
Cerdo, F.

CERAMBYX, F.
Moschatus, *id.*

CALLICHROMA, Lat.
Alpina, F.

PURPURICENUS, Ziegl.
Kœhleri, F.
Servillei, Ziegl.

POGONOCHERUS, Meg.
Nebulosus, F.
Balteatus, *id.*
Fasciculatus, *id.*
Hispidus, *id.*
Pilosus, *id.*

LAMIA, F.
Textor, *id.*

Tristis , *id.*
Curculionoides , *id.*
Nebulosa, *id.*

SAPERDA, F,
Carcharias, *id.*
Scalaris , *id.*
Oculata, *id.*
Erythrocephala, *id.*
Violocea, *id.*
Albo-scutellata , DAHL.
Testacea, F.
Præustata , *id.*

CALLIDIUM , F.
Rusticum , F.
Luridum , *id.*
Aulicum , *id.*
Bajulus , *id.*
Violaceum , *id.*
Clavipes , *id.*
Femoratum , *id.*
Sanguineum, *id.*
Variabile . LIN.
Fennicum , F.
Testaceum , *id.*
Præustum , *id.*

CLYTUS , F.
Arcuatus, *id.*
Arietis, *id.*
Massiliensis , *id.*
Plebeius, *id.*
Ornatus, *id.*
Verbasci , *id.*
4—Punctatus, *id.*
Mysticus , *id.*

STENOPTERUS, ILL.
Rufus , F.
Scutellatus, DAHL.

MOLORCHUS, F,
Dimidiatus . *id.*
Umbellatarum , *id.*

RHAGIUM, F.
Mordax, *id.*
{ Inquisitor, *id.*
{ Indagator, *id.*
Bi-fasciatum , *id.*
Salicis , *id.*

TOXOTUS , MEG,
Cursor, *id.*
Noctis , *id.*
Meridianus , *id.*

PACHYTA , MEG,
4—Maculata , F.
Virginea, *id.*

LEPTURA , F,
Annularis, *id.*
Attenuata, *id.*
Calcarata, *id.*
Subs-pinosa , *id.*
{ Rubra, *id.*
{ Testacea , *id.*
Villica, *id.*
Sanguinolenta, *id.*
Cincta, *id.*
Tomentosa, *id.*
Hastata , *id.*
Atra, *id.*
Nigra , *id.*
Melanura , *id.*
Cruciata, OLIV.

Lurida, F.

Levis, *id.*

Livida, *id.*

Præusta, *id.*

Suturalis, *id.*

———◦⊰∰⊱◦———

IV. *CHRYSOMÉLINES.*

—

DONACLIA, F.

Bidens, Sturm.

Clavipes, Ahr.

Dentipes, F.

{ Vittata, Panz.

{ Lemnæ, F.

Sagittariæ, *id.*

Collaris, Panz.

Nympheæ, F.

Festucæ, *id.*

Violacea, *id.*

Discolor, Hop.

Rufipes, Oliv.

Nigra, F.

Menyanthidis, *id.*

Linearis, Hop.

Semi-cuprea, Panz.

Hydrocharidis, F.

AUCHENIA, Meg.

Sub-spinosa, F.

LEMA, F.

Merdigera, *id.*

Brunnea, *id.*

Bicolor, *id.*

12—Punctata, *id.*

Asparagi, *id.*

Melanopa, *id.*

Cyanella, *id.*

HISPA, F

Atra, *id.*

CASSIDA, F.

Murræa, *id.*

Maculata, Lin.

Lineola, Creutz.

Equestris, F.

Viridis, *id.*

Vibex, *id.*

Suturalis, Ziegl.

Azurea, F.

Affinis, *id.*

Ferruginea, *id.*

Nobilis, *id.*

GALLERUCA, F.

Tanæceti, F.

Rustica, *id.*

Capreæ, *id.*

Calmariensis, *id.*

Lineola, *id.*

Tenella, *id.*

Nigricornis, *id.*

Alni, *id.*

LUPERUS, Geoff.

Rufipes, F.

Flavipes, *id.*

ALTICA, Geoff.

Oleracea, F.

Erucæ, *id.*

Testacea, *id.*

Rufipes, Oliv.

Fuscipes, F.

Ruficornis, F.

Exoleta, *id.*

Mercurialis , *id.*

{ Helxines, *id.*

{ Nitidula , OLIV.

Femorata, DEJ.

Chysocephala , L.

Napi , F.

Sisymbrii , *id.*

Verbasci , GYL.

Tabida , F.

Atricilla , *id.*

Pratensis , GYL.

Euphorbiæ , F.

Brassicœ , PANZ.

Nemorum , F.

Atra , *id.*

TYMARCHA, MEG.

. Tenebricosa, F.

Coriaria, *id.*

CHYSOMELA, F.

Hæmoptera, F.

Hottentotta , *id.*

Sanguinolenta, *id.*

Carnifex , *id.*

Staphylea, *id.*

Polita , *id.*

Varians, *id.*

Graminis, *id.*

Fulgida , F.

Menthæ , SCHOT.

Cerealis , F.

Americana , *id.*

Fastuosa , *id.*

Gloriosa , F.

Tristis , *id.*

Cyanea , MEG.

Ænea , F.

Populi , *id.*

Tremulæ. , *id.*

Poligoni , *id.*

Pyritosa , OLIV.

Armoraciæ , F.

Aucta , *id.*

Vitellinae , *id.*

Vulgatissima , DOFT.

EUMOLPUS, F.

Pretiosus, *id.*

Obscurus , *id.*

Vitis , *id.*

CLYTHRA , F.

Tridentata , *id.*

Longimana , *id.*

Longipes , *id.*

4—Punctata , *id.*

Cyanea , *id.*

HELODES, F.

Violacea, *id.*

CRYPTOCEPHALUS, F.

Imperialis , F.

Bi-punctatus , *id.*

Cordiger, *id.*

Lorey , PEYR.

Humeralis , F.

Histrio , *id.*

Hyeroglificus , *id.*

8—Gustatus, *id.*

Morraci, *id.*

Bi-

Bi-pustulatus, F.
Dispar, GYLL.
Lobatus, F.
Hæmorrhoidalis , *id.*
Sericeus , *id.*
Auratus , MEG.
Pratorum , *id.*
Purpuratus , *id.*
Chlorodius, *id.*
Virescens, AND.
Cæruleus, ZIEGL.
Violaceus, F.
Flavipes, *id.*
Labiatus, *id.*
Vittatus, *id.*
Bi-lineatus , PAYK.
Minutus, F.

4.me SECTION.

TRIMÉRES.

Trois articles à tous les tarses.

COCCINELLA.

13—Punctata, F.
Mutabilis , ILLIG.
7—Notata, F.
5—Maculata , *id.*
9—Punctata, SCHR.
16—Guttata, F.
Bis. 7— Guttata, *id.*

14—Guttata , F.
12—Guttata , OLIV.
Bis. 6—Guttata, F.
7—Punctata, *id.*
11—Punctata, OLIV.
5—Punctata , F.
Bi-punctata , *id.*
Conglomerata , *id.*
16—Punctata , *id.*
Conglobata , *id.*
4—Pustulata , *id.*
Variabilis, ILLIG.
13—Maculata , F.
10—Pustulata , *id.*
10—Guttata , OLIV.
Reni-pustulata , F.
14—Pustulata , *id.*
Globosa , ILLIG.
20—Punctata , F.

ENDOMYCHUS, F.
Coccineus, *id.*

LYCOPERDINA , LAT.
Succincta , OLIV.

5.me SECTION.

DIMÉRES.

Deux articles à tous les tarses.

PSELAPHUS, HERBST.
Sanguineus , F.

c

LÉPIDOPTÈRES.

I. *TRIBUS PAPILIONIDI.*

PAPILIO, Lat. Och.
Podalirius, Lin. , F.
Machaon , *id.* , *id.*
PARNASSIUS, Lat.
(*Doritis* , F. , Och.)
Apollo , L. F.
Phœbus , F.
PIERIS, Lat.
(*Pontia*, F. , Och.)
Cratægi , L. Fab.
Brassicæ , L. F.
Rapæ , L. F.
Napi , L. F.
Daplidice , L.
Cardamines , L. F. etc.
Sinapis , *id.* , *id.*
Lacteus , Per.
COLIAS, Latr. , Och.
Hyale , L. F.
Palæno , L. F.
Europome , Esp.
Rhamni , L. etc.
POLYOMMATUS, Lat.
(*Lycæna* , F., Och.)
Betulæ , L. , F.
Pruni , L. etc.
W-Album , H. Illig.

Quercus , L. etc.
Rubi , L. etc.
Phlæas , *id.*
Virgaureæ , *id.*
Xanthe , Fab. (Phocas , Esp.)
Hylas , F. H.
Tiresias , E. (Amyntas , F.)
Polysperchon , Och.
Aegon , God. (Alsus , Esp.)
Argus , L. F.
Admetus , Esp.
Eumedon , Esp.
Agestis , Esp.
Adonis , F.
(Golgus, H.) Dorylas, H., God.
Coridon , F.
Alsus , F.
Acis, God. (Cleobis , de Prunner)
Argiolus , L.
Cyllarus , F.
Euphemus , H.
Arion , L.

II. *TRIBUS NYMPHALIDI.*

LIMENITIS, F.
(*Nymphalis*, Latr.)
Lucilla , F.

Sibilla, F.

NYMPHALIS, Boisduval.
(*Limenitis*, Och.)

Populi, L. F.

APATURA, F.
(*Nymphalis*, Latr.)

Iris, L. F.

Ilia, F.

ARGYNNIS, F. Lat.

Selene, F. God.

Euprosine, L. etc.

Dia, L.

Pales, F.

Amathusia, F.

Lathonia, L.

Niobe, L.

Adippe, F.

Aglaia, L. F.

Paphia, L.

MELITEA, F. Och.
(*Argynnis*, Latr.)

Maturna, L.

Cynthia, F.

Cinxia, *id.*

Didyma, *id.*

Phœbe, *id.*

Dictynna, Esp.

Athalia, God.

Parthenie, God.

Lucina, L.

VANESSA, F. Lat, Och.

Cardui, L.

Atalanta, *id.*

Io, *id.*

Antiopa, L.

Polychloros, *id.*

Urticæ, *id.*

C.-Album, *id.*

SATYRUS, Latr.
(*Hipparchia*, F , Och.

Circe, F. ?

Briseis, L. , F.

Hermione, L. . F.

Fauna, F.

Phædra, L. etc.

Semele, L.

Tithonus, *id.*

Janira, Lin.

Jurtina, Lin.

Hispulla, Esp.

Eudora, F. , H.

Hypperanthus, Lin. etc.

{ Maera, L. , God.
Hiera ? H.
Adrasta, Esp.

Megæra, L. , F.

Ægeria, L. , F.

Galatea, L. , F.

Melampus, Esp. , God.

Medusa, F.

Blandina, F. , God.

Ligea, L. , F.

Manto, F.

Dromus, *id.*

Pamphilus, L. , F.

Arcanius, L. , F.

———————

III. *TRIBUS HESPERIDI.*

HESPERIA, Latr. Och.

Malvæ, F. , God.

Lavateræ. F., God.
Fritillum, God.
Alveolus, H.
Sao, H. God.
Tages, L., F.
Paniscus, F., God.
Comma, L., F.
Sylvanus, F., God.
Linea, F. God.
Lineola, God.

———

CREPUSCULARES.

———

1. *TRIBUS SESARIÆ.*

THYRIS.
Fenestrina, F., God.
 SESIA, Lasp., Och.
Tenthrediniformis, G.
Cynipiformis, H.
Chrysidiformis, G.
Apiformis, L., F.

———

II. *TRIBUS SPHINGIDI.*

MACROGLOSSA, Och.
 (*Sphinx*, Latr.)
Fuciformis, L.
Bombyliformis, Och.
Stellatarum, L. God.
 SPHINX, Boisduval.
(*Deilephila et Sphinx*, Och).
Elpenor, L., F.

Porcellus, L., F.
Hippophaes, G.
Vespertilio, F.
Euphorbiæ, L., F.
Convolvuli, L., F.
Ligustri, L.
 BRACHYGLOSSA, Boisduval.
(*Acherontia*, Och. *Sphinx*, L.)
Atropos, L., L.
 SMERINTHUS, Latr. Och.
Tiliæ, L., F.
Ocellata, L., F.
Populi, L., F.
Quercus, F.

———

III. *TRIBUS ZIGÆNIDÆ.*

———

 ZIGÆNA, F., L., O.
Scabiosæ, F.
Achilleæ, Och.
Exulans, Esp.
Trifolii, E.
Loniceræ, G.
Filipendulæ, L., F.
Peucedani, E.
Æacus, F.
{ Onobrychis, F, God.
{ Carniolica, F.
Sedi, F.
Occitanica, De Villers, O. G.
Fausta, L. F.
 SYNTOMIS, Ill., Latr.
 (*Zygæna*, F.)
Phegea, L. G.

IV. *TRIBUS PROCRIDAE.*

PROCRIS, F. Latr.
(*Atychia*, Och.)
Statices , L. F.
Pruni , F.

NOCTURNI.

I. *TRIBUS CHELONARII.*

EMYDIA , Boisduval.
(*Callimorpha* , Latr.)
(*Eyprepia*, Ochs.)
Candida , G.
Cribrum , L.

EUCHELIA , Boisduval.
(*Lithosa*, Och. *Callimorpha*, Lat.)
Jacobeæ , L. F.

LITHOSIA , Och. , Latr.
(*Callimorpha et Lithosia* , Lat.)
Quadra , F.
Griseola , H.
Complana , L. F.
Luteola , H.
Rosea, F.
Irrorea , G.
Ramosa , F.
Serva , H. G.

CALLIMORPHA , Latr.
(*Eyprepia*, Ochs.)
Dominula , L. E. G.
Hera , L. F.

CHELONIA , God.
(*Eyprepria* , Ochs.)
Russula , F. H. God.
Plantaginis , L. F.
V. Hospita , Bork.
— Unca , Perret.
— Circumflexa , Perret.
Matronula , L. F. (*très-rare.*)
Villica , L.
Caja , L.
Hebe , L. F.
Fuliginosa , L. F.
Mendica , L.
Menthastri , F.
Lubricepeda , F.

II. *TRIBUS PSYCHIDAE.*

PSYCHE , Schrank , Lat.
(*Tinœa* , H.)
Pectinella , F.
Muscella , F.
Viciella , F.

III. *TRIBUS BOMBYCINI.*

LIPARIS , Ochs.
Chrysorrhæa , L. F.
Auriflua , F.
Salicis , L. F.
Dispar , L. F.

ORGYA , Latr.

Antiqua , L.

Gonostigma , F.

Coryli , L.

Fascelina . L.

Pudibunda , L.

PYGÆRA , Och.

(Sericaria , Latr.)

Bucephala , L.

Curtula, L. F.

Anachoreta, F.

LASIOCAMPA , Schrank.

(Gastropacha , Och,)

Quercifolia , L. F.

Pruni , L.

Potatoria , L.

BOMBYX , Boiduval.

(Gastropacha, Ochs.)

Trifolii , F.

V.—Medicaginis , H,

Quercus , L.

Rubi , id.

Populi , id.

Cratægi , id.

Processionea , id.

Catax, id.

Everia , F.

Lanestris , L.

Franconica, F.

Castrensis , L.

Neustria , id,

SATURNIA , Schrank,

(Attacus , Latr.)

Pyri , B.

Spini , B.

Carpini ,-B.

———◆———

IV. *TRIBUS ENDROMIDI.*

—

AGLIA , Och.

(Saturnia , Schrank. Attacus,

Latr.)

Tau , L. F,

ENDROMIS , Och.

(Bombix, Schr. Sericaria, Latr.)

Versicolara , L. F.

———◆———

V. *TRIBUS ZEUZERIDI.*

—

COSSUS, F. Latr.

Ligniperda, F. G.

ZEUZERA , Latr.

(Cossus , F.)

Æsculi, L. F.

HEPIALUS, F.

Lupulinus , L.

———◆———

VI. *TRIBUS DREPANULIDI.*

—

PLATYPTERIX , Lasp.

(Drepana , Schrank.)

Spinula, H. (Compressa , F.)

Falcula, H. (Falcataria , L. F.)

Hamula, E. (Phalæna Falcata , F.)

Lacertula , H. (Phalæna Lacertinaria , F.)

VII. *TRIBUS PSEUDO-BOMBYCINI.*

—

DICRANURA , Latr.
(*Harpya*,Och. *Cerura*,Schrank.)
Furcula , L. F.
Erminea , G.
Vinula , L. F.
NOTODONTA , Ochs.
Dromedarius , L. F.
Tritophus . F.
Ziczae , F.
Dictæoides , G.
ORTHORHYNIA , Boisduval.
(*Notodonta* , Och.)
Palpina , L. F.

VIII. *TRIBUS COCLIPODI.*

—

LIMACODES , Latr.
(*Bombyx* , F. *Tortrix* , Hubner.)
Testudo , G.

IX. *TRIBUS NOCTUO-BOMBYCINI.*

—

CYMATOPHORA , Tr.
(*Tethea* , Ochsenheimer.)
Subtusa , F.
Oo , L. F.
Diluta , F.
Octogesima , H.
Flavicornis , L.

EPISEMA , Och. Tr.
Cæruleocephala , L. F.

X. *TRIBUS BOMBYCOIDI.*

—

ACRONYCTA , Och. Tr.
Aceris , L. F.
Megacephala , F.
Alni , L.
Psi , F.
Rumicis , L. F.
Euphorbiæ , F.
DIPHTERA , Och. Tr.
Orion , E.
BRYOPHILA , Tr.
Pœcilia , Och.
Receptricula , H.
Raptricula , H.

XI. *TRIBUS NOCTUELIDI.*

—

NOCTUA , Boidov.
(*Agrotis et Noctua* , Treitsch.)
(*Agrotis et Graphiphona* , Och.)
Rectangula , F.
Aquilina . W.
Fumosa , F.
Var. Fuliginea , G.
Saucia , G.
Exclamationis , F.
Tenebrosa , Dup.
Sigma , W.

Depuncta, F.

Gothica , F.

C.—Nigrum , F.

Plecta , F.

TRIPHÆNA , Ochs. Tr.

Orbona , F. G.

Var. Prosequa , Dahl.

— Adsequa , D.

— Connuba , H.

Subsequa , G.

Pronuba , L. F.

Fimbria ; F.

Linogrisea , F.

AMPHIPYRA , Och. Tr.

Sivida , F.

Cinnamonea , G.

Pyramidea , L. F.

Spectrum , F.

MANIA , Tr.

(Mormo , Och.)

Maura , L. F.

HELIOPHOBUS , Boisduval.

(Hadena , Treitsch.)

Leucophæa , B.

HADENA, Och.

(Plusia , Tr.)

Cucubali, Dup.

Capsincola, Dup.

Glauca , D.

Dentina, D.

Genistæ , D.

Contigua , F.

Protea, D.

PHLOGOPHORA , Tr.

(Hadena , Och.)

Meticulosa, L. F.

MISELIA , Boisd. Tr.

Oxyacantæ , L. F.

POLIA , Boisduv.

(Polia et Miselia , Och. Tr.)

Comta , F.

Filigrama , Dup.

Cappa , Dup.

Chi , L. F.

Serena , F.

Dysodea , Dup.

Atriplicis , L.

Cytherea , F.

ILARUS , Boisd.

(Trachea et Xanthia , Treitsch)

Piniperda , Dup.

APAMEA , Och.

Didyma , Dup.

Oculea, F. Devill. 2. 261.

Furuncula, Dup.

Bicoloria , Devill. 2. 288.

V. Erratricula, H.

— Pulmonariæ, D.

Latruncula , H.

Var. Meretricula, B.

LUPERINA , Boisduval.

(Apamea , Tr.)

Testacea, Dup.

MAMESTRA , Tr. Och.

Basilinea , F.

Infesta , Och.

Brassicæ , F.

Persicariæ , L. F.

Chenopodiæ

Chenopodii , F.

Pisi , L. F.

THYATYRA , Ocn.

Batis , L. F.

Derasa , L. F.

GONOPTERA , Latr.

(Calpe , Tbeitsch.)

Libatrix , L. F.

MYTHIMNA , Ocn.

Albipuncta . F.

Çonigera , F.

Neglecta , God.

ORTHOSIA , Ocn.

Cæcimacula , F.

Munda , F.

Stabilis , Dup.

Pistacina , F.

Var. Lychnidis , F.

CARADRINA , Tr. Ocn.

Cubicularis , W.

(4-Punctata, Devill.) 2, 256.

Trilinea , Dup. (Quercus , F).

LEUCANIA , Boisduval.

(Simyra et Leucania , Tr. Ocn.)

Nervosa , F.

Pallens . F.

L—Album , F.

NONAGRIA , Ocn.

Phragmitidis , Dup.

Sparganii , Dup.

Typhæ , Dup.

Arundinis , F. Ent. Syst.

tom. 3. pars 2. p. 3o.

XANTHIA , Boisduval.

(Xanthia et Gortyna , Tr.)

Vitellina , Dup.

Citrago , F.

Silago , Dup.

Flavago , F.

Cerago , F.

V—Flavescens , B.

Gilvago , F.

V—Palleago , H.

COSMIA , Ocn. Tr.

Trapezina , F.

V—A. (Alis anticis brunneis).

V—B. (Alis pallidioribus).

Diffinis , F.

Affinis , L.

CERASTIS , Ocn. Tr.

Rubricosa , F.

Vaccinii , L.

V. Polita , Dup.

—Spadicea , H.

Ligula , E.

Erythrocephala , F.

Satellitia , F.

XYLINA , Tr.

(Xilena , Ocn.)

Vetusta , Dup.

Exoleta, L. Devill. 2. 226.

Conformis , F.

Rhizolitha , F.

Petrificata , F.

Conspicillaris , L. Devill. 2. 225.

Rurea , F.

d

Hepatica, Dup. (Charactera, II).

Polyodon, L. Dup.
Radicea, F.
Occulta, E.
Var. Lithoxilea. F. Entom. Syst. 3. B. P. 125.

Pinastri, L. F. Devill.

Lithorhiza, Dup.
Operosa, H.
Areola, E.

Linariæ, Dup.

CUCULLIA, Och. Tr. Dup.

Umbratica, L. F.

Lactucæ, F. Dup.

Verbasci, L. F. Dup.

Var. Scrophulariæ, E.

◆◆◆

XII. *TRIBUS PLUSIDI.*

—

ABROSTOLA, Och.
(*Plusia*, Treitsch.)

Triplasia, L. F.

Asclepiadis, F.

CHRYSOPTERA, Lat.
(*Plusia*, Tr.)

Moneta, F.

Concha, F.

PLUSIA, Och. Tr. Latr.

Chalsytis, H. Tr.
Chalcites, Bork.
Bengalensis, R.

Festucæ, L. F.

Chrysitis, L. F. H. E.

Var. A. (Falciis aureis coadunatis).

Circumflexa, L. F.

Gamma, L. F.

Interrogationis, L. F. II.

◆◆◆

XIII. *TRIBUS HELIOTHIDI.*

—

ANARTA, Och. Tr.

Myrtilli, L. F. Dup.

Arbuti, F. Dup.
Heliaca, W. H. V. Tr.
Fasciola, E.

HELIOTHIS, Och. Tr.

Ononis, F. H. Dup.

Dipsacea, L. F.

Marginata, F. Dup.
Rutilago, H.
Umbrago, E.
Conspicua, Bork.

ACONTIA, Och. Tr.

Solaris, W. V. H. Dup.
Albicollis, F.

Luctuosa, W. H.
Italica, F. 3. B. P. 37.
Astroites, Devill. 2. P. 263.

◆◆◆

XIV. *TRIBUS CATOCALIDI.*

—

CATEPHIA, Och. Tr.

Alchymista, F.
Convergens, F.

CATOCALA, Och. Tr.

Fraxini, L. F.

Elocala , E. Goo.
Marita , H.
Uxor, H.
Nupta , F.
Nupta, Lin. Goo. W. V. Tb.
H.
Var.—Concubina , H.
Sponsa , L. F. Goo.
Var.—Rejecta , Fisch.
Promissa, F.
Sponsa , Var. Goo.
Var.—Mnesto , H.
Pacta , F.
Electa , Goo.
Pacta , W.
Pellex , H. Goo.
Puerpera , Giorn. Tr.
Amasia, E.
Paranympha , L. F.

OPHIUSA , Och. Tr.
Lunaris , F. Goo.
Meretrix , F.
Augur , E.
Craccæ , F. G.
Lusoria , L. F. G.
Algira, L. Oliv, G.
Achatina , F.
Triangularis , H.

CEROCALIA , Boisd.
Ophiusa . Tr.
Scapulosa , Dup.

———————

XV. *TRIBUS NOCTUO-*
PHALAENIDI.

EUCLIDIA , Och. Tr.
Mi , L. F.
Triquetra , F.
Glyphica , L. F,
BREPHOS , Och. Tr.
Parthenias , L. G.
Notha , Curt.
B.—Vidua , F,
ANTHOPHILA , Och. Tr,
Aenea . D.
ERASTRIA , Och. Tr.
Fuscula , D.
Polygramma , E,
Præduncula , B.
Argentula , Dup.
Pyralis bankiana , F.
Olivea , ! .
Unca , Dup.
Pyralis uncana , F.
Geometra uncana , L.
Sulphurea , Dup.
Pyralis susphuralis , L
Bembyx Lugubris , F.

MALACOLOGIE.

HELIX,
Arbustorum , D.
Pomatia, *id.*
Naticoïdes, *id.*
Nomoralis , *id.*
Sericea, *id.*
Striata , *id.*
Cinctella , *id.*
Hortensis , *id.*
Pulchella, *id.*
Conspurcata, *id.*
Nitida , *id.*
Glabella , *id.*
Variabilis , *id.*
Rhodostoma, *id.*
Splendida . *id.*
Nitidula , *id.*
Hispida, *id.*

NERITA ,
Fluviatilis ,

CLAUSILIA ,
Bidens. *id.*
Plicata, *id.*
Rugosa, *id.*

PUPA,
Variabilis .
Cinerea ,
Tridens.
Dolium ,
Doliolum ,
Fragilis ,

BUCCINUS ,
Violaceus.

BULIMUS ,
Radiatus ,
Montanus,
Obscurus.

PLANORBIS ,
Marginatus ,
Vortex ,
Contortus.

CYCLAS ,
Rivularis ,
Fontinalis ,
Palustris.

LYMNEUS ,
Stagnalis ,
Palustris ,
Elongatus ,
Ovatus ,
Glutinosus ,
Auricularis ,
Pereger ,
Varietas minor.

CYCLOSTOMA ,
Elegans ,
Obtusum ,
Patulum ,
Maculatum ,
Impurum.

BOTANIQUE.

Eriophorum	Vaginatum,	Linaria	Versicolor , D
	Alpinum,		Alpina ,
	Angustifolium ,		Origanifolia.
	Triquetrum, Hop.	Gentiana	Lutea,
Poa	Rubens , Wilden.		Pneumonanthe ,
Avena	Pubescens ,		Verna ,
	Versicolor , Dec.		Acaulis.
Aira	Montana ,	Pyrola	Secunda.
	Cespitosa.	Empetrum	Nigrum.
Convallaria	Bifolia ,	Vaccinium	Uliginosum.
	Verticillata.	Phyteuma	Spicata ,
Juncus	Maximus ,		Hæmispherica.
	Spicatus ,	Hieracium	Alpinum ,
	Niveus ,		Prenanthoïdes ,
	Filiformis.		Grandiflorum ,
Veratrum	Album.		Verbascifolium.
Alium	Sphærocephalum,	Sonchus	Palustris,
	Ursinum ,		Cæruleus , Smith.
	Nigrum.	Cnicus	Spinosissimus.
Lilium	Martagon.	Centaurea	Montana.
Androsace	Carnea ,	Cacalia	Alpina ,
	Villosa.		Petasites , D.
Euphrasia	Minima.	Doronicum	Pardalianches.
Pedicularis	Foliosa ,	Arnica	Montana.
	Tuberosa.	Meum	Athamanticum ,
Veronica	Alpina ,		Jacq.
	Montana.	Phellan-	
Erinus	Alpinus.	drium	Mutellina.
Betonica	Alopecuros ,	Imperatoria	Ostrutium.
	Hirsuta.	Selinum	Pyrenæum , G.

RANUNCULUS	Platanifolius,		Montanum,
	Aconifolius,	CIRCÆA	Alpina.
	Chærophyllos,	SORBUS	Aucuparia.
ANEMONE	Alpina, HOPPE.	ROSA	Villosa, LIN.
	Apiifolia,		Mollissima, WILD,
	Sulfurea, LIN.		Lagenaria, VILLA,
ACONITUM	Napellus,		Rubiginosa,
	Lycoctonum.		Alpina,
CARDAMINE	Resedifolia,		Dumetorum,
	Alpina, WILDEN.		Pyrenaïca,
SISYMBRIUM	Dentatum, ALL.		Provincialis,
ARABIS	Alpina.		Pimpinellifolia.
DENTARIA	Enneaphyllos,		Bractata, PERS.
	Digitata, DECAND.	RUBUS	Glandulosus, BEL,
LEPIDIUM	Alpinum.	GEUM	Montanum.
GERANIUM	Sylvaticum,	POTENTILLA	Aurea,
	Pyrenaicum, etc.		Opaca, etc.
DIANTHUS	Cæsius, SMITH.	DRYAS	Octopetala.
	Alpinus.	OROBUS	Sylvaticus,
CERASTIUM	Alpinum.		Vernus,
SAPONARIA	Ocymoïdes.		Tuberosus,
SAXIFRAGA	Stellaris,		Niger.
	Cespitosa,	TRIFOLIUM	Spadiceum.
	Rotundifolia,	SPARTIUM	Montanum, LIN.
	Cæsia,		Alpinum,
	Bryoïdes,		Rubens,
	Burseriana.		Gracile, THUILL.
CHRYSOPLE-	Oppositifolium,		Agrarium, LIN.
NIUM	Alternifolium.		Procumbens,
RIBES	Alpinum,		Filiforme,
	Pætreum,	GENISTA	Tinctoria,
	Nigrum,		Ovata, WILLD.
	Rubrum.	EUPHORBIA	Palustris, LIN.
EPILOBIUM	Spicatum,		Purpurata, THUIL,
	Roseum, ROTH.		Exigua,

Falcata ,
Acuminata, LAM.
Serrulata , PERS.
Sylvatica , LIN.

Retusa , PERS.
Verrucosa , LIN.
SINAPIS Pyrenaica.
SISYMBRIUM Acutangulum DEC.

LICHENS.

PHISCIA   Crysophtalma ,
Farinacea ,
Islandica.

IMBRICARIA   Cyclocelis , DEC.
Relivuga ,
Aipolia,
Pulverulenta ,
Ulothryx ,
Stellaris ,
Grisea.

VERRUCARIA   Galactites , D.
Olivacea , D.
Glaucescens ,
Salicina ,
Cærasi.

PATELLARIA   Immersa, DECAND.
Punctiformis , id.
Albozonaria, id.
Petræa , id.
Fumosa, id.
Muscorum , id.
Sinapisperma, id.
Granulosa , id.
Viridescens , id.
Fuscoatra , id.
Silacea , id.

Albocærulescens .
id.
Detrita , id.
Corticola , id
Ventosa , id.
Hæmatoma , id.
Craspedia, id.
Rosella , id.
Cupularis , id.
Rubella, id.
Effusa , id.
Flavovirescens, id.
Vitellina , id.
Varia , id.
Cerina , id.
Rupestris , id.
Dispersa , id.
Angulosa , id.

PELTIGERA   Aphtosa.
UMBILICARIA   Hirsuta ,
Corrugata ,
Pustulata.
ENDOCARPUM Miniatum , OCH.
TUBERCULA-   Rosea , D.
RIA   Confluens , id.
Vulgaris , id. etc.

NOTA.

Je dois les tableaux qui précèdent à Mr J.-B. Perret d'Aix, dont les recherches, dans les trois règnes de la nature, ont beaucoup avancé l'étude physique de cette contrée. Ses intéressantes collections sont journellement visitées par les amateurs d'histoire naturelle qui ne sont pas moins satisfaits de son obligeance extrême que de ses connaissances variées et profondes.

EXPLICATION DES PLANCHES.

Pl. I.

VUE GÉNÉRALE DU BASSIN D'AIX,
prise depuis la ferme du Docteur Vidal, au Gachet.

Pl. II.

BAIN DE CÉSAR.
On en a donné une description détaillée aux
pages 27 et 28 de cet ouvrage.

Pl. III.

ARC DE CAMPANUS.
(*Voy.* les pages 31, 32 et 33).

Pl. IV.

TEMPLE DE DIANE.
(*Voy.* les pages 33 et 34).

Pl. V.

FRAGMENS D'ANTIQUITÉS D'AIX ET DE SES ENVIRONS.

1 Fragment du Vaporarium Romain trouvé sous
la maison Perrier-Chabert, dessiné dans la
proportion d'un vingt-cinquième. Cette cou-
pe fait connaître la manière ingénieuse avec
laquelle les Romains construisaient ces sortes
d'édifices. On y voit une première assise de
larges briques, sur laquelle ont été établies
les colonnes ou piliers qui supportent les

e

bains. Au-dessus du chapiteau des colonnes, d'autres briques semblables à celles de la première assise, forment une plate-forme, sur laquelle a été placé un épais ciment. Celui-ci présente les trois couches bien distinctes, indiquées par Vitruve. En bas est le *Rudus*, espèce de stuc composé de fragmens de briques, de sable grossier et de chaux. Au-dessus se trouve la couche nommée *Summa Crusta*, dont la Pâte est plus fine et plus homogène, et enfin, le *Nucleus*, ciment fort clair, remplissant tous les interstices que la dessication des deux couches inférieures pouvait avoir laissés dans leur masse. C'est sur ce dernier que s'ajustaient les plaques de marbre destinées à former le revêtement intérieur de la pièce située au-dessus. *

Ce fragment représente deux bains adossés l'un à l'autre. Le massif qui les sépare est formé de briques et de ciment.

---

* J'ai observé que plusieurs des plaques de marbre que l'on rencontre dans les ruines du *Vaporarium* de la maison Perrier offraient sur leur surface polie qui, jadis, était exposée aux vapeurs et aux eaux, une espèce d'enduit fort mince et de couleur plus ou moins rougeâtre. Le marbre semble avoir acquis par là, et sur cette face seulement, une dureté qui le rend moins attaquable par le burin et l'acide sulfurique. Cet enduit très-différent de celui dont il a été question, p. 29, a-t-il été placé à dessein par les Romains? ou bien n'est-il que le résultat d'une oxidation plus complète des parcelles de métal existant dans le marbre ? C'est ce que je n'oserais décider.

L'arc qui se voit à la droite de la figure fait partie de l'aqueduc voûté qui amenait les eaux
dans la portion inférieure du Vaporarium.

La première assise de larges briques, dont il a
été question et sur laquelle repose tout le
massif des bains, est elle-même établie sur
un épais ciment composé des trois couches :
Rudus, *Summa Crusta* et *Nucleus*. C'est entre
le sol et ce ciment qu'était placée la couche
de charbon dont il est parlé page 29.

2 Développement des couches déjà décrites fait
sur une échelle plus considérable, afin d'en
pouvoir mieux distinguer les différentes parties.

3 Fragment de marbre blanc orné de moulures
et servant à former les montans ou *pieds-
droits* de la porte qui donne entrée au *Bain
de César*.

4 Petite cheminée en terre cuite, faite d'une
seule pièce, servant à conduire les vapeurs
de la partie basse du Vaporarium à la partie
supérieure du même édifice. Des cheminées
semblables, remplies de ciment, ont été employées dans le massif des constructions
N° 1, pour former les gradins sur lesquels
les malades étaient assis.

5.6.7. Briques Romaines de différentes grandeurs et
portant des Inscriptions qu'on croit être de
simples marques de fabrique. Aucune d'elles
n'offre l'inscription *Gratianus*, ainsi que l'ont
avancé quelques Auteurs. On a trouvé, suivant Chorier, plusieurs briques analogues à
celles-ci, à Vienne-en-Dauphiné et dans

d'autres Stations Romaines de l'Allobrogie.

8 et 9 Fragmens de Statues antiques trouvées dans les débris du Vaporárium. Tous deux sont en marbre blanc. Celui qui correspond au N° 9 est veiné de violet.

10 Gnomon antique, également trouvé dans les ruines du Vaporarium. On en a donné la description, page 35.

11 Amphore découverte dans le Jardin-Roissard. Elle a été donnée, par le propriétaire, au Musée de Chambéri.

12 Inscription Romaine donnée à l'Etablissement thermal par M. le Chʳ De Martinel. Elle a été mal rapportée par Guichenon et Albanis-Baumont.

13 Inscription trouvée en 1825 à Sᵗ-Innocent et donnée à l'Etablissement par mon Père. Elle est assez curieuse, parce qu'elle paraît indiquer le nom antique de ce village. Elle est inédite, et se voit ainsi que la précédente dans la cour des Thermes-Albertins.

14 Inscription trouvée à Grésy-sur-Aix.

15 Sarcophage antique trouvé dans le même lieu. Albanis - Beaumont en a donné un dessin inexact.

16 Profil du même sarcophage, vu du côté de la tête.

17 Inscription Romaine inédite, trouvée, il y a peu de temps, dans les ruines de l'ancienne Chapelle du Château de Grésy.

Pl. VI.

Douches des Princes.

Ces douches, offrant des appareils spéciaux qui
ne se rencontrent pas dans les autres parties
de l'Etablissement, j'ai cru devoir en re-
présenter l'ensemble.

Au N° 1 on administre la douche à forte pression, nommée la *Pompe* ou *rande-Chute.*

Au N° 2 est une douche ascendante, dirigée
dans l'oreille gauche, à l'aide de l'appareil,
N°. 8 , Pl. VIII.

Au N° 3 est représentée la douche écossaise
ou bain de pluie. (*Voy.* pour plus de détails, les pages 78 et 79 de cet ouvrage).

Pl. VII.

Piscine.

Cette belle pièce d'eau des Thermes-Albertins, formant un des moyens thérapeutiques
nouveaux, employés dans l'Etablissement,
j'ai pensé qu'il serait utile et agréable au
lecteur de lui en donner ici une représenta-
tion. Parmi les malades qu'on y remarque,
les uns se disposent à prendre le bain à
Grande-Eau, les autres se livrent à l'exercice
de la natation. Enfin, sur la droite est une
galerie qui établit une communication entre
les deux paliers de la Piscine, et du milieu

de laquelle les nageurs peuvent s'élancer pour faire le plongeon.

Pl. VIII.

ApPAREILS USITÉS DANS L'ETABLISSEMENT THERMAL D'AIX.

1 Douche à forte pression , dite la *Pompe*, administrée dans la Division des Princes.

2 Ajutage à robinet, pour les douches locales à forte pression.

3 Pomme d'arrosoir qui remplace à volonté le bout, appelé *Piston*, du N° 1.

4 Pomme double pour réunir l'eau des deux robinets d'eau de Soufre, dans les cabinets de douche de l'ancien Bâtiment.

5 Tambour destiné à tempérer les eaux pour les douches mitigées.

6 Tuyau, appelé *Cornet*, dont se servent les Doucheurs et les Doucheuses pour la douche ordinaire.

7 Système d'ajutage fort commode pour les douches locales. Au moyen de ses trois coudes mobiles l'un sur l'autre , on peut lui imprimer toutes les directions désirables.

8 Douche ascendante du Bouillon des Princes , avec ses ajutages N° 9, 10, 11 et 12, destinés aux douches pour les oreilles , la gorge, la langue, le nez, les yeux , etc.

13 Appareil pour la douche d'Alun à forte pression, employé dans les Thermes-Albertins ; il est terminé par une pomme d'arrosoir ovale, et s'applique aux mains, aux genoux et aux pieds.

14 Cette figure représente le même appareil coudé, et son jet parabolique, pouvant être dirigé sur l'épine dorsale, les reins, le sacrum, etc.

15 Douche Ecossaise. (*Voy.* pour la description, les pages 111 et 112).

16 Casque de fer blanc, servant à garantir la tête, destiné aux personnes à qui la pluie d'eau froide, tombant à nud sur le cuir chevelu, cause une sensation pénible.

17 Raquette en fer blanc, ouverte dans son milieu pour pouvoir localiser la douche sur un point déterminé.

18 Raquette ovale.

19 La même, échancrée à sa partie moyenne.

20 Raquette carrée.

21 Raquette à deux mains pour se garantir la tête des éclaboussures de la douche ; elle est en bois mince et léger, ainsi que les trois précédentes.

22 Ecran employé dans les douches à forte pression pour éviter au Doucheur d'être fatigué par le rejaillissement des eaux.

23 Brosse double dont on se sert pour exercer des frictions et activer l'action de la douche.

24 Plan incliné, destiné aux malades qui ne peuvent pas se tenir sur les chaisses ou tabourets ordinaires.

25 Appareil pour la douche locale à forte pression. Le malade y est représenté prenant une douche à la main droite. Des ouvertures convenables, pratiquées sur les autres faces de l'appareil, permettent de s'en servir pour

f

les douches locales des extrémités tant su-
périeures qu'inférieures.

26 Chaise ou escabeau ordinaire des douches.

27 Le même avec un appareil destiné à soutenir
le bras dans l'administration de la douche.

28 Litière à jour pour transporter les malades du
lit à la douche, y recevoir cette dernière et
être reportés chez eux, sans déplacement,
employée dans certains cas de paralysie, de
coxalgie et autres dans lesquels le malade
ne peut supporter le moindre mouvement.

29 Appareil portatif pour les douches ascendantes
de toute espèce.

30 Ajutage, appelé *Piston*, pouvant s'adapter à
l'appareil susdit.

31 Douche pour les petits enfans, mitigée par le
bain dont l'eau se renouvelle sans cesse.

32 Bain de siége ou de fauteuil auquel est adaptée
une colonne de pression qu'on peut mitiger
au besoin.

33 *Bidet* portatif pour les douches ascendantes
d'injection ou d'arrosement.

34 Appareil pour les douches de vapeur aux Ther-
mes-Berthollet. Le malade y est représenté
recevant la douche à l'extremité supérieure
droite.

35 Autre appareil pour les douches de vapeurs
dont les ajutages sont plus petits et mobiles, afin qu'on puisse plus facilement diriger la vapeur.

36 Casque destiné à diriger la vapeur sur la partie postérieure du cou et de la tête.

37 Tuyau coudé, servant de point de réunion

entre le casque, N° 36, et l'appareil, N° 35.

38 Appareil en bois servant aux étuves par encaissement.

59 *Panier* en osier pour chauffer les linges.

4o Appareil en tole pour administrer les bains de vapeurs aux jambes et aux pieds.

41 Ceinture de sauvetage, employée dans la piscine, par ceux qui ne savent pas nager.

42 Fauteuil soutenu par des globes en fer blanc remplis d'air, pour que le malade puisse voguer à volonté dans la piscine.

43 Fauteuil pour donner la douche aux paralytiques. Il sert encore à leur faire prendre des bains de piscine ou à grande Eau.

44 Chaise à porteurs horizontale, dite le *Brancard*, servant aux malades qui ne peuvent pas commodément rester assis dans les chaises à porteurs ordinaires.

45 Chaise à porteurs ordinaire, garnie de ses draperies et autres accessoires, représentée au moment où elle sort de l'Etablissement avec son malade.

PL. IX.

PLAN DES BAINS D'AIX.

A   Cour centrale de l'Etablissement dans laquelle ont été provisoirement établis six cabinets de bains domestiques.

BB   Corridor demi-circulaire conduisant aux douches de la Division centrale. Les trois cabinets qui sont à droite servent à doucher les femmes. Les trois qui sont à gauche sont destinés aux hommes.

C Division d'Enfer. Cette Division étant souterraine, un plan détaché en indique la distribution.

D Division des Princes.

E Thermes‑Albertins, grille d'entrée, cour et portique.

E Thermes‑Berthollet.

G Partie inférieure de cette dernière Division, appelée communément le *Bain Royal* ou le *Grand Bassin des eaux d'Alun.*

H Restes du Vaporarium Romain, situé sous la maison Perrier-Chabert.

I Maison hospitalière pour les pauvres étrangers dans laquelle existent des bains spécialement réservés aux malades de cet Hospice.

INDICATIONS PARTICULIÈRES.

A 1 Entrée principale et péristile du Grand Bâtiment.

2 Salle d'attente de la Division centrale, Quartier des hommes.

3 Cabinet d'étude et de consultation du Médecin-Directeur des Eaux.

4 Salle d'attente de la Division centrale, Quartier des dames.

5 Salon d'attente pour les personnes de distinction.

6 Latrines qui doivent bientôt être transportées ailleurs, et leur local utilisé pour les douches de vapeurs.

7 Fontaines d'Alun et de Soufre consacrées à la boisson des eaux.

8 Fontaine extérieure et publique d'eau de Soufre.

9 Fontaine extérieure et publique, projetée pour les eaux d'Alun.

BB 10 Premier cabinet des hommes dans la Division du centre, avec une guérite à vapeurs.

11 Second cabinet des hommes servant d'entrée au Bouillon, et dans lequel existe une guérite à vapeurs.

12 *Bouillon des hommes* servant aux bains généraux de vapeurs et au bain chaud d'immersion.

13 Fontaine de Soufre servant de réservoir pour alimenter les cabinets de bain.

14 La grotte où se trouvent la source d'eau de Soufre et sa grande cuve de distribution.

15 Douche locale, située dans le grand corridor **BB.**

16 Bouillon du Quartier des femmes servant aux vapeurs générales et au bain chaud d'immersion.

17 Cabinet de douches pour les femmes, N° 2.

18 Cabinet de douches pour les femmes, N° 1.

C 19 Cuve de distribution pour tous les cabinets de la Division d'Enfer, la fontaine extérieure etc.

20 Local destiné à former de nouvelles pièces de bain.

21 Rampe qui conduit à l'étage inférieur.

22 Douche appelée la *Verticale*.

23 Cabinet servant à la fois de douche et d'étuve, appelé communément le *Bain Russe*.

24 Autre cabinet de douche servant aussi à l'étuve.

25 Douche locale, dite *Douche sous l'Escalier*.

26 Escalier conduisant à la rue.

D 27 Fontaine d'eau froide.

28 Cabinet des Princes, N. 1, où se trouve la grande Chute d'eau appelée vulgairement la *Pompe.*

29 Cabinet, N° 2, principalement destiné aux enfans.

30 Cabinet N° 3, appelé la *Douche des Dames.*

31 Armoiresservant de magasin pour les appareils employés dans les douches de la Division des Princes

32 Réservoir d'eau de Soufre alimentant la même Division et une partie de celle du centre.

E 33 Cabinet de douche des Thermes-Albertins, appelé la *Grande-Locale,* alimentée par les eaux d'Alun seulement.

34 Passage du Vaporarium et de la Piscine.

35 Escalier de la terrasse.

36 Vestiaire servant de magasin au Sécheur et à la Sécheuse du Vaporarium et de la Piscine.

37 Passage servant aussi de vestiaire pour les baigneurs de la Piscine.

38 Grand corridor pour le service des Thermes-Albertins.

39 Douche ascendante.

40 Cabinets de douche des Thermes-Albertins pouvant servir, au besoin, de bain tempéré à grande eau.

41 Cabinet de la même espèce, avec un réservoir de boues minérales.

42 Lieux d'aisance pour cette Division.

43 Grande Piscine ou pièce à Natation.

44 Vestiaire de la Piscine.

45 *Vaporarium* ou la *Rotonde.* Les cinq petits cabinets au midi, et celui du centre au nord, sont destinés aux vapeurs. Vers chacune

des portes d'entrée et au nord sont des cabinets doubles servant à prendre les bains de vapeur, comme dans les autres cabinets dont on vient de parler, mais où l'on peut aussi recevoir à volonté un arrosement général ou partiel avec l'eau d'Alun.

46 Pièce d'attente pour les malades.

47 Rampe conduisant au jardin et aux grands réservoirs.

48 Réservoir d'eau d'Alun pure, destinée à alimenter les Thermes-Albertins.

49 Réservoir d'eau tempérée destinée à la Piscine.

50 Galerie qui conduit sous les grands réservoirs et aux robinets servant à la distribution de leurs eaux.

F 51 Cabinet appelé la *Voûte*, destiné aux bains d'immersion et de vapeurs pour l'hôpital et les militaires.

52 Autre pièce voûtée servant de ventilateur pour alimenter les douches de vapeurs situées au-dessus.

53 Escalier conduisant au cabinet réservé aux douches de vapeurs.

54 Ancienne galerie souterraine par où l'on arrive à la source d'eau d'Alun et au souterrain appelé *Cul-de-Lampe*.

55 Nouvelle galerie par où passent les aqueducs d'eau d'Alun qui alimentent le grand Etablissement.

G 56 Fontaine publique froide.

57 Fontaine publique des eaux d'Alun.

58 Douche et Piscine des femmes.

59 Douche et Piscine des hommes.

60 Douche des chevaux.

61 Bain des chevaux.

62 Pont de bois servant à conduire les chevaux à la douche.

H 63 Bain Romain, dit le *Bain de César.*

64 Autres bains antiques faisant partie du *Vaporarium. Romain.*

65 Cour de l'hôtel Perrier-Chabert dans le sol de laquelle existent enfouis plusieurs bains Romains faisant suite au *Vaporarium.*